致青春 131

桃枝氣泡

（上）

棲見　著

高寶書版集團

目錄
CONTENTS

第一章　琉璃公主

北方的九月夜風肅冷，西城區燈火闌珊，偶爾有三三兩兩的行人。

陶枝靠在十字街口豎著的紅綠燈柱上，看著蹲在街邊不遠處的少年點菸。

少年從口袋裡掏出打火機，將細小的火苗攏在掌心，在夜晚的漆黑中染上一層輕薄的暖紅色光。

非常熟練。

陶枝掏出電話，撥通上一個未接來電。

過了兩秒，百米以外的少年低下頭看了手機一眼，接起來：『喂——』

「你到了嗎？」陶枝問。

少年的嘴巴裡還叼著菸，聲音含糊地拖著長調子：『到了啊，等妳好久了，也就只有妳能讓我等著了。』

『妳說，妳小時候上幼稚園天天臭美，還要綁辮子，那時候就叫我等妳，』他在嫋嫋菸霧裡忽然回憶起過去：『上學時妳睡懶覺，我還得等著。』

『就連出生的時候，我都得他媽的等妳先被拽出來，要不是本少爺的生命力頑強，我憋都憋死了。』

少年最後滿目滄桑地總結：『陶枝，妳是我等了一輩子的女人。』

「……」

陶枝翻了個白眼，走過去，一巴掌拍在他後腦勺上：「有完沒完？」

季繁嗽了一聲，一手夾著菸，一手舉著電話回過頭去。

他等了一輩子的女人，此時正站在他身後，垂著眼，沒什麼表情地看著他。

季繁仰著頭，手裡的菸掉下去半截菸灰。

「嘿嘿，」他傻笑了兩聲，「來啦？」

陶枝掛掉電話後拿著手機，跟著他蹲了下來。

季繁將身子往後側，欲蓋彌彰地把拿著菸的手藏在身後，結果卻忘了人是站在他後面的。

陶枝低下頭，就看著那夾著菸的手從她眼皮子底下伸過來，耀武揚威地逐漸伸到她眼前。

然後「啪嗒」，又掉下一截菸灰。

陶枝：「……」

陶枝叫了他一聲：「季繁。」

「啊。」季繁哆嗦著，人有點慌。

「你知道我們的二舅和外公最後得的是什麼病嗎？」陶枝說，「肺癌。」

「……」

季繁趕緊抽回手，將菸頭蹭在地磚上熄滅後，丟進了旁邊的垃圾桶，爾後又乖巧地折返回來等著被訓話。

陶枝瞥了他一眼：「不是說戒了？」

「……哪有那麼容易。」季繁撓了撓腦袋，「好、我戒，妳別罵我。」

「要是罵你有用的話，你早就品學兼優了，」陶枝翻了個白眼，語氣裡有毫不掩飾的嫌棄，「我聽說你期末考的數學只考九分？你們附中的流氓都這樣？」

季繁反問，「妳考多少？」

「二十。」陶枝說。

「……」

季繁一言難盡地看著她，也不知道這個人明明只考了二十分，怎能如此有自信地嫌棄他：「我們附中的流氓都考九分。」

陶枝：「那我們實驗一中的流氓得考二十分，你轉學過來以後，記得想辦法把這十一分補上。」

季繁在國中時就跟著季槿搬走，當時又哭又鬧不想離開，幾年過去了，他在那邊有了自己捨不得的朋友和熟悉的生活環境後，卻又要被趕回來了。

陶枝知道他不想回來，但這件事由不得他。

小孩子是沒有話語權的，你的意願無法影響大人的決定，只要讓你往東邊走，你就沒辦法往西邊去。

一時之間沒人說話，兩個人就這麼蹲在路邊，看著夜晚絡繹不絕的車流發呆，半晌，季繁嘆了口氣。

「你什麼時候回來？」陶枝先開口問道。

「過一段時間吧，」季繁說，「好像還差一點手續。」

陶枝單手撐著腦袋，指尖搭在唇邊，看著少年那張和她勉強有幾分相似的臉，難得大發慈悲地安慰他：「往好處想，你以後就能跟我在同一間學校了。」

季繁好不容易平復了情緒，聞言又是一陣絕望：「聽妳這麼一說，我就更不想去了。」

「……」

陶枝牙根一癢，忍住了想打他一頓的欲望，想了想又說，「我們學校還不用寫作業，只要老師心情好的話就不會檢查。」

季繁側頭，一臉莫名其妙地看著她：「什麼作業？妳還會寫作業？」

「……」

陶枝覺得自己作為不良少女的尊嚴，在他質疑的眼神下被踐踏得體無完膚。

「我當然不寫，」陶枝說，「我閒著沒事為什麼要寫作業？我抄都懶得抄。」

九月二號，開學第一天。

二年一班。

清晨的風帶著些微涼意，鼓著窗簾闖進來，七點一刻剛過，教室裡就已經坐了一半以上的人。

陶枝坐在倒數第二排靠牆的位子，左手邊鋪著一疊試卷，答案密密麻麻，右手邊是另一疊一模一樣且空白的。

此時的少女正咬著筆帽，用手裡的黑筆飛快地往上面抄答案。

漆黑的眼珠一掃，陸陸續續地寫下答案，中間幾乎沒有停頓，流暢得像是剛上過潤滑油的機器人，十分熟練而迅速。

一頁抄完，她「嘩啦」地翻到下一頁後，踹了前排那個人的椅腳一下。

「哐噹」一聲輕響，坐在她前面的男生將椅子往前挪了一下後，趕緊回過頭來。

陶枝手上還在奮筆疾書，頭也沒抬，嘴裡叼著筆帽含糊地問：「你以前是老王他們班的啊？」

男生點點頭，又「啊」了一聲。

「他通常喜歡什麼時候來收作業？」

實驗一中高二分組，有十二個理組班和七個文組班，班導和各個科任老師也會重新分配。

陶枝以前沒上過老王的課，只知道是教物理的，人挺凶，以前在走廊上經常會聽見他在辦公室裡訓斥學生。

新學期新氣象，至少要從順利交了暑假作業開始，她跟季繁不一樣，她是個積極向上的不良少女。

她很樂觀的。

能抄一點是一點，實在抄不完那也沒有辦法。

至少努力過。

分數可以低，但誠意要到位。

反正季繁現在也不知道。

陶枝秉持著能抄完一科是一科的想法，特地起了個大早來學校寫暑假作業，她還在飛快地寫著填空，前面的男生開口道：「王老師幾乎都準時來收，不過有時候也會早到來看一下早自習之類的，作業就會在課前收，」頓了頓，男生補充，「今天第一節課就是物理。」

陶枝筆尖一頓，抬起頭來，皺著眉看著他「啊」了一聲。

厲雙江有點意外。

她在學校裡還挺有名的，不僅家裡有錢，長得也好看，還很會打架，是個呼風喚雨還有點凶的祖宗。

而此時的這位祖宗，正坐在他後排抄著國文試卷，皺著眉，有點苦惱地看著他，擔心著所有高中生都會擔心的問題：「那該怎麼辦？這也太多了，我抄不完。」

「要不然我先抄物理吧？給老王該有的尊重，」陶枝把國文試卷掃到旁邊後說道，「同學，物理試卷借我抄一下？」

她還沒說完，厲雙江就掏出物理試卷遞給她。

陶枝接過後道了句感謝，就立刻翻開試卷繼續奮筆疾書。

她抄得認真專注，抄得旁若無人，儼然是抄到一種無我的境界。

不知道過了多久，她隱約聽到班裡有點聲音，而前面那位借她作業的好兄弟也一直在咳嗽，但她也沒在意。

此時此刻的她，已經完全沉醉於自己的勤奮之中了。

抄著抄著，陶枝感覺不太對勁。

總覺得有人站在旁邊。

陶枝沒有停筆，只是抬起頭來看了一眼，對上了一張滿是皺紋的臉。

陶枝還記得剛剛在最後瞥見的物理公式和答案，手上的動作沒停，也沒低頭，一邊和皺紋臉對視，一邊把最後一題寫完了。

皺紋臉看起來是個四十幾歲的中年男子，陶枝在理科辦公室見過幾次，初步判斷他就是老王。

王褶子背著手站在她旁邊，也不知道看了多久，臉上的皺紋都抖了：「抄完了？」

「還沒。」陶枝說。

「還差多少？」

「剛抄完一半的國文和四張物理。」陶枝老老實實地說。

王褶子臉上的皺紋又開始抖了。

陶枝也判斷不出他是在生氣還是在笑，只能保守估計他是被氣笑了。

王褶子氣到拍桌子：「拿著妳的作業到我辦公室裡面寫，寫不完就給我待在那邊寫，妳哪裡都不用去了，課也別上飯也別吃了！」

陶枝早就習慣了這套流程，從書包裡乖乖地掏出了剩下的幾科試卷，順便將摸出的手機藏在袖子裡。

她以前的班導是教英文的，幾乎沒來過理科辦公室，也不知道王褶子的位子在哪裡，就乾脆走到辦公室的窗臺旁邊，把手裡的試卷放在上面寫。

時間還早，辦公室裡沒什麼人，只有一個女老師坐在角落，而窗臺旁的桌前坐著一個男生，也正垂頭寫著東西。

辦公桌是對著放的，陶枝和那個男生的中間隔著兩臺電腦，桌面幾乎被電腦螢幕擋住，看不見他在寫什麼。

看不看得見都無所謂，陶枝見識過太多這種事，她的好兄弟裡面，有一半以上都是在辦公室補作業、寫悔過書而互助認識的，幾乎一眼就看出這個人和她是同路人。

陶枝瞬間就明白。

他也是個沒寫作業的。

陶枝老實地趴在窗臺上，翻開物理試卷，先是像模像樣地掃了一圈，才發現一題也不會。

於是乾脆掏出手機，對著試卷「喀擦」拍了張照後便開始搜尋答案。

寫完幾題後，女老師也終於捧著兩本書離開了。

陶枝側過頭來看了一眼，她的同道中人還在補作業。

低著頭，臉被螢幕擋著，只露出黑色的短髮和握著筆的手。

那隻手還挺好看的，手指很長，手背的骨骼削瘦。

她是個手控，頓時就對這個人的印象好了幾分。

陶枝往前蹭了兩步後壓著桌沿，隔著螢幕俯身湊去，小聲叫了他：「好兄弟。」

那個男生沒有停下寫字的動作，也沒應聲。

補得還挺專注的。

陶枝的手肘撐著桌面，又將身子往前壓了壓，腦袋從電腦螢幕上探出一半，只露出雙眼：「你也沒寫作業啊？」

少年筆尖一頓，抬起頭來。

陶枝看清了他的臉，眨眨眼，下意識地吹了聲口哨。

清脆的哨聲在空曠的辦公室中顯得格外清晰嘹亮。

這個人的眼睛比手還漂亮，眼窩深邃、眼角狹長，輪廓收斂著，眼珠的顏色在日光下有些淺，冰涼透澈得幾乎不近人情。

像個琉璃公主。

琉璃公主的神情冷淡，沒有說話。

陶枝回過神後也不覺得尷尬，想起了正事。

他沒吭聲，陶枝只當他默認了，便直接問道：「我也沒寫，你還差幾科？我的物理已經抄好一半了，等一下可以借你抄，現在還差國文、英文、化學跟生物。」

琉璃公主揚眉，筆尖在桌上輕磕了幾下，那雙漂亮的桃花眼也跟著略微挑起：「等等可以借我抄？」

尾音微揚，音色像薄冷的冰線割破了早秋的清晨日光。

陶枝又想吹口哨了。

她感覺這個小子正在她每一個審美點上快樂地跳舞。

果然是個沒寫作業的！

同道中人！

陶枝有種找到了戰友的快樂：「對啊。」

「……」

陶枝抬了抬腦袋，下巴擱在電腦螢幕上：「數學和理科，我們一人查一科，然後交換抄，成交？」

琉璃公主：「好啊。」

陶枝一喜：「那我負責化學吧。」

「那我負責生物。」

他放下筆往後靠上了椅背，看著這個像是土撥鼠，露出半個腦袋的女孩，正掰著手指頭指導他：「你動作快一點的話，我們可以在午休前就把數學和理科抄完。」

土撥鼠在說完這句話後，視線也垂下去看他剛剛在寫的東西，才模糊掃了一眼，辦公室的門就被人推開。

她來不及反應，還保持著上半身靠在桌邊，探頭與他說話的姿勢，王褶子走過來，將手裡的書本捲起後敲了她的腦袋一下。

打地鼠。

「讓妳來寫作業的，還給我還聊上了？是不是隨處都能聊？」王褶子把手裡的書丟在辦公桌上，抬頭看向對面的江起淮：「填完了？」

江起淮將剛剛一直在寫的東西遞過去。

王褶子接過來看了一遍，點點頭：「好，我晚點再看看有什麼問題，等等幫你交上去，」王褶子抬起頭來，始終擰著的眉頭也放鬆不少，「我跟附中的劉老師之前是同事，聽他提過你，上學期的市三校模擬考，你的數學滿分啊？」

「……」

陶枝轉過頭來，一臉茫然地看著他。

江起淮不鹹不淡地掃了她一眼：「嗯。」

「理科也沒扣幾分，」王褶子繼續道，「附中第一名轉到我們實驗一中來了，你們劉老師一直說我撿了個大便宜，很捨不得你。好了，表格填完也沒什麼事了，你先回教室吧，今天開學第一天，你慢慢適應。」

江起淮應了一聲，推開椅子轉身走出辦公室，和僵硬的土撥鼠擦肩而過。

王褶子轉過頭來的時候，陶枝還沒回過神。

陶枝：「……」

陶枝：「？？」

陶枝：「？？？」

鋪在窗臺上的試卷被風吹起一層，熱烈的聲音像是對她無情的嘲笑。

一聲輕響，王褶子又輕敲了她的腦袋一下。

陶枝「嘶」了一聲後回過神來，抬頭瞇起眼，脾氣有點上來了。

王褶子：「怎麼？寫作業的時候不讓妳聊天還不服氣了？想揍我啊？」

「……沒有。」陶枝又重新低下頭。

「好了，先回去上課吧，」王褶子一邊從桌上挑出兩本書一邊說，「今天剛開學，看在妳是初犯的份上就饒了妳，下次再被我抓到抄作業，真的會讓妳趴在這邊寫完。」

陶枝應了一聲，並在心中暗道，不抄是不可能的，只要不被你抓到就好。

王褶子：「下課找時間慢慢寫完吧，還是要交的啊。給妳個時限，這禮拜吧。」

陶枝抬起頭來，拖長了聲：「啊——？」

王褶子：「怎麼，還不想交了啊？」

「沒有、沒有，保證完成任務。」陶枝垮著臉，捏起窗臺上的幾疊試卷逃回了教室。

早自習也快結束了，她晃悠地回到自己的位子，旁邊坐了一個正在看英文書的女孩。最後一排的人也來了，最裡面的位子還空著，而外側坐了一個男生。

陶枝漫不經心掃了一眼，頓住。

男生也抬起頭來。

陶枝瞇了瞇眼，露出不爽的表情，眼神中已經燃起了戰鬥的號角。

江起淮冷淡地看著她，停了兩秒後，才面無表情地垂下了視線。

陶枝差點把手裡的試卷砸在他腦袋上。

她不明白這個人為什麼能如此若無其事的淡定，明明在五分鐘之前還在辦公室裡把她當傻子一樣耍。

還來不及有動作，王褶子就從前門進來了。

陶枝只能先把火壓下，將手裡的試卷「啪」一聲甩在桌面上。

坐她旁邊的女孩被這一聲嚇得抖了一下，怯怯地看了她一眼。

這時候的陶枝才反應過來，向她道了歉：「不好意思。」

「沒、沒事……」女孩縮一下肩膀，又偷偷看了她一眼，猶豫後便小聲說，「那個，剛剛發了這學期的書，妳不在，我幫妳領了。」

看看！

人與人之間的差距為什麼可以這麼大？

陶枝看了堆在自己桌子左上角，排得整整齊齊的一大疊教科書一眼，覺得自己暴躁的情緒被治癒了幾分。

她側頭看她旁邊的女孩，女孩很瘦，長得白淨乖巧，留著娃娃頭，看起來就是好學生的類型。

面前擺著的英文書封上寫了名字，付惜靈。

陶枝向她道謝的時候，王褶子已經在講臺上做起了開學演講，要大家這幾天先互相熟悉一下，在週五晚自習的時候，投票選出各個科目的小老師和正副班長。

陶枝撐著腦袋有一搭沒一搭地聽了兩句，趴在桌子上準備補眠，等下課再找她後面的同學「講講道理」。

「之前三班的同學都知道，我這個人比較嚴厲，」王褶子聲音宏亮，「你們以前被寵出來的那些小毛病，到我這裡最好給我收一收，能改的就趕緊改，不能改的我幫你改。你們也不看看自己考的分數，還好意思不長進？」

陶枝嫌他吵，遮住耳朵換了一面，繼續趴著睡。

王褶子：「上學期的市三校模擬考有幾個能看啊？我看了我們班一眼，也就只有厲雙江考得還行，人家附中數學光一百四十分以上的就三個，我們學校呢？拿什麼跟人家比？還有物理，那張考卷最後的問答題還是我出的，丟臉丟到外婆家了！」

前排的厲雙江跟他隔壁的同學正在小聲說話：「附中現在也只剩一個了，有一個女生，轉學去南方了。」

「另一個呢？」隔壁的同學問。

「還有一個滿分的，就坐在後頭呢，」厲雙江說，「回頭，看見了沒？你後面的後面。」

「看見了，靠，他是學霸啊？」

「附中第一，」厲雙江肯定道，「我今天去辦公室拿考卷的時候，聽老王八說的。」

「還是個帥哥，服了。」

陶枝：「……」

陶枝再也聽不下去了，直接抬起頭來。

厲雙江和他隔壁的同學還保持著扭著半個身子，瞻仰帥哥儀容的姿勢。

陶枝：「你們的聲音有點大。」

「……」

「在方圓兩排以內大概都聽見了，」陶枝不爽的時候一向沒什麼素質，面無表情地說，

「包括後面那個讓你褲檔敬禮的帥哥。」

她隔壁的女生，非常合時宜的又抖了一下肩膀。

前排的兩個人下意識地越過她，往後看了一眼。

學霸並沒有像想像中那樣，跟個小學生似的端正地坐著，他單手撐著下顎，漫不經心地翻書，察覺到他們的視線後把頭抬起，瞥了兩人一眼。

「……」

厲雙江被這一眼瞟得渾身冷颼颼的，人一哆嗦，壓著同學的腦袋轉過去了。

物理課被陶枝自封是最好睡的科目，沒有之一。

又是週一的第一節課，也是最睏的時候，所以陶枝睡得昏天暗地。

王褶子嘹亮的嗓門都無法把她吵醒。

被鐘聲叫醒並睜開眼睛的時候，剛好是正中午，陶枝迷迷糊糊地坐起來，拍了一下睡得有點沉的雙眼，緩神。

教室裡基本上都已經空了，只剩下幾個沒走，陶枝側過頭，看見付惜靈仍坐在裡面。

「妳怎麼沒去吃飯？」陶枝問她。

付惜靈看起來有些為難：「妳睡著了。」

陶枝反應了一下才明白她的意思。

因為她坐在外側，如果她隔壁的同學想出去的話她都得讓路。

「我睡迷糊了，不好意思，」陶枝一邊讓位給她一邊嘟囔著，才剛站起來突然想起一件事，「那妳一整個上午都沒去廁所嗎？」

付惜靈直接臉紅：「沒、沒有想去……」

陶枝眨了下眼睛，才剛要說話，下一秒就被教室後門的人叫住。

宋江正扒住後門門框，伸著脖子往裡面看。

陶枝走過去拽著他的衣領把人拉回來：「走了，及時雨，看什麼呢。」

「看看妳們班有沒有漂亮妹妹，剛剛跟妳說話的那個人是誰啊？真好看，有沒有男朋友呢，妳讓她看看我可以嗎？」宋江被她拖著往前走，制服的拉鍊被她拽下一半，「別拉了！別拉了！衣服都要掉了啊祖宗！在走廊上這樣拉拉扯扯的成何體統？」

「餓，」最讓人開心的，就是睡醒後的吃飯環節，陶枝的心情總算是稍微好了那麼一點，蹦跳了兩下往前走，一邊催他，「快點快點，去吃飯了。」

宋江三步併作兩步地下樓梯：「聽說妳早自習的時候被你們班導叫去辦公室去？」

陶枝：「……不要哪壺不開提哪壺。」

「這不是祝妳旗開得勝嗎，」宋江樂了，「新學期第一天就被叫到辦公室的感覺如何？你們一班的那個老王有夠凶，妳以後的日子大概不如從前了。」

陶枝一語不發也懶得理他，兩個人離開了教學大樓後又出了校門，坐進學校旁邊的一家麵店。

店面不大，裡面已經坐滿了，他們走到最裡面那桌，有三個人在等，其中一個女孩子朝著她開心地招了招手：「枝枝！」

麵已經上來了，陶枝在她旁邊坐下，接過筷子後撈起旁邊的油醋罐，開始往麵碗裡嘩啦啦地倒。

倒完以後又開始挖辣椒醬。

「酸兒辣女，」宋江在旁邊忍不住嘴賤了一句，「兒女雙全啊。」

陶枝放下辣椒罐，一巴掌拍在他腦袋上。

宋江捂著腦袋「哎喲」了一聲：「我開玩笑的，您今天的脾氣怎麼有點大呢？」

「遇到了討厭鬼。」陶枝一臉不悅，一邊把蔥花挑起一邊嘟囔。頓了頓後又抬起頭來：「江起淮，你聽說過嗎？」

「沒有，」宋江咬著麵說，「混哪裡的？」

陶枝無言地看著他：「人家是附中學霸。」

「……我為什麼會知道附中學霸啊？」宋江看起來更無言，「我一個考試考三百分的為什麼會認識附中學霸啊？妳問我附中流氓我還能幫妳打聽打聽。」

陶枝鼓著臉頰看了他五秒。

宋江被她盯得有點發毛：「幹嘛？這個人是誰啊？是哪個不長眼的孫子惹到我們實驗一中的祖宗了，小的馬上幫您宰了他。」

「你閉嘴吧，」陶枝嘆了口氣，低下頭繼續吃麵，「算了，沒什麼。」

吃完飯後，宋江他們還要去前面的超市，陶枝跟他們打聲招呼後就先回去學校了。

一班在三樓，她慢悠悠地晃回教室，在班級門口撞見付惜靈。

付惜靈背貼著牆站在門邊，低垂著頭，旁邊一個身穿高三制服的男生正在和她說話。

隔著一段距離，陶枝沒聽清楚他們在說什麼，男生笑咪咪地俯身靠過去，女孩就像受驚似的往後縮了縮，然後搖了搖頭。

明顯就是不太情願的樣子。

男生又抬手去扯她。

哎，怎麼還對女孩子動手動腳的呢？

陶枝捏了捏耳垂後走過去，不動聲色地隔開他的手，側頭看向付惜靈：「我要回去了，妳要進去嗎？我懶得等一下再讓位子給妳。」

付惜靈趕緊點頭，垂著腦袋匆匆回到教室。

陶枝把站在走廊的那個人當空氣，跟著走進教室，還順手甩上教室後門。

教室裡沒幾個人，那個討厭鬼在早自習的時候已經回來了，正坐在座位上寫著試卷。

付惜靈回到自己的位子上攤開書本，頭垂得很低，短髮也跟著滑下，擋住她的側臉。

陶枝也不是愛打聽八卦的人，況且只是一個才剛認識第一天的陌生人。

初秋的正午，日光順著淡藍色的窗簾飽滿地流淌進來，人在吃飽後就變的有些懶惰。她整個人靠在椅子上，身子往後仰了仰，從抽屜裡摸出手機，懶洋洋地低頭玩著。

教室裡一片安靜，只有一位公主殿下在身後翻動試卷的輕微聲響。

陶枝聽著那個聲音，忽然停下按手機的動作。

她把手機重新塞回抽屜裡，抬起腳，微微用力地踩著桌槓，椅子前腿離地往後翹，只有後面兩個腿著地。

她用椅背輕撞了一下後面的那張書桌。

陶枝能聽到琉璃公主在後頭的寫字聲也跟著停下。

她有些惡劣地勾起唇角，開始搖動椅子，像是在坐搖椅一樣，晃來晃去。

每次晃動都會發出輕微的撞擊聲，就這麼晃了一陣子，她聽到後面的人終於忍無可忍，把筆丟在桌面上。

陶枝在心裡默數了兩秒——

「妳有事嗎？」

江起淮的聲音壓得有些低，音色冷冽，像寒夜裡迎面直下的雨。

Bingo。

陶枝感覺自己很久沒有這麼快樂過了。

她本來也覺得沒什麼大不了的，最初是她自己搞錯了，人家根本就不是來補作業的，只要他當時簡單的說上一句「我不寫作業」，那這件事在辦公室的時候就了結了。

可是這個人偏偏要順著她的話來講。

還他媽的說他要負責寫生物。

結果全是在逗她玩？

這不就有點過分了嗎？

她是那種有事不說出來，憋著就渾身難受的性格，習慣直來直往，平時又無法無天，被周圍的人寵著，很久沒有受過這種窩囊氣。

所以還是不能就這麼算了。

陶枝抬著椅子往前挪了挪，將身子轉過來，長腿一伸，掉頭跨坐在椅子上。

她把手臂搭在他的桌面上，身子也往前靠了靠，湊近後反問他：「你覺得呢？」

女孩跟他對視著，瞳仁漆黑，眼型在瞇起眼時被拉長，翹鼻薄唇，五官顯露出了幾分帶著攻擊性的漂亮。

彷彿博弈一般，彼此都沒有移開視線。

就這麼相互盯了幾秒，江起淮驀地開口：「對不起。」

陶枝被這個意料之外的展開弄得直接愣住了：「什麼？」

江起淮長腿前伸，身子往後一靠，整個人舒展開，淡道：「早自習時候的事情，是我不對。」

陶枝：「……？」

陶枝萬萬沒想到，江起淮竟然給她來這一招，只要我道歉道得夠快，就能把對手噎死。

她忽然沉浸在一種不明狀況的茫然，和無處發洩滿腔怒火的委屈裡，一時之間說不出半句話。

陶枝震驚地看著他。

江起淮毫無情緒地說：「我的錯，對不起。」

陶枝：「……」

陶枝滿肚子的話被這一個「對不起」紮紮實實地堵了回去。

她買好喇叭，做好吹響戰鬥號角的準備，結果江起淮直接把她的擴音器電源拔掉了。

真心誠意的也就算了，他這個道歉，就差在腦門上刻上兩個字：囂張。

以及肉眼可見的敷衍。

你道個歉憑什麼這麼跩啊？

陶枝叱吒學校附近、家門口的大街小巷十六年，什麼大風大浪沒見過，她跟別的小孩打架、扯頭髮的時候，江起淮這個書呆子大概還在學ABCD。

他太天真了，竟然想在嘴炮上面讓她吃癟。

她迅速反應過來，調整一下表情，點點頭：「好吧。」

「？」

「看你認錯的態度誠懇，我勉強接受了。」陶枝轉過身去，從自己的書桌上抽出一疊試卷，又轉過來丟到他面前。

江起淮垂眸：「這是什麼？」

「你的生物暑假作業，」陶枝揚眉，「你負責生物，這不是你今天早上自己說的？你不會打算把自己說過的話當放屁吧？」

「……」

這下輪到江起淮被噎住了。

「趕快啊，」陶枝不疾不徐的地撐著手臂，趴在他的桌邊後懶洋洋地說，「你動作快一點的話，應該能在放學之前寫完。」

江起淮捏起那疊試卷，翻開後隨便掃了兩眼，暑假作業的試卷都不難，除了後面的進階題以外，剩下的全是基礎題：「這妳不會？」

「你才不會！」陶枝下意識反駁，說完又有點心虛。

誰會這種鬼題目。

為了掩飾這份心虛，她轉過身去，又把物理試卷抽出來丟給他：「道歉禮，難道說完對不起就結束了？既然知道自己錯了，就得實際行動，江同學。」

江起淮像是在聽笑話一樣，大概是覺得她的話很不可思議，半晌才道：「妳覺得我會幫妳寫？」

「你覺得你不寫的話，我會放過你？」陶枝敲了敲桌角，「我這個人呢，沒什麼優點，就是心眼很小。」

這他媽的算是優點？

江起淮差點氣笑了，他舔一下嘴唇：「好吧。」

陶枝以為自己聽錯了，本來以為他會更難搞一點，她眨一下眼睛：「你寫嗎？這週之內要寫完喔？」

江起淮一邊翻試卷一邊「嗯」了一聲，算是答應了。

陶枝狐疑地盯著他一陣子，看他翻開了她的物理試卷，捏起筆，開始看起了題目。筆尖畫過題幹，片刻就勾出答案，看起來認真又專注。

陶枝突然覺得自己是不是太斤斤計較了，或許他早上在辦公室也沒什麼惡意，只是隨口說的。

琉璃公主其實也沒那麼討厭。

但解決掉兩科試卷的快樂讓她懶得想這麼多，心安理得地交給他寫，直接轉過頭繼續玩手機。

陶枝在睡了一整個上午之後，精神好了不少，在下午第一節下課的時候把及時雨叫來，將剩下的幾科試卷都丟給他：「寫了。」

宋江靠著後門門框翻了翻，一臉難以置信：「我他媽的拿頭給妳寫？誰會寫啊。」

「文雅一點，你這個人的素質怎麼這麼差？」素質達人陶枝聽不下去，「你找他們隨便分分，反正這週之內寫完給我就可以了。」

「我找誰？誰會寫這個？」宋江有些無奈，「好吧，我花點錢來幫妳寫，妳們班的老王還會檢查這些？有這麼嚴格嗎？暑假作業不是收上去之後，隨便看兩眼意思意思一下就好了嗎？」

陶枝指了指前門班牌：「看見了沒，二年一班，隱形資優班你懂不懂？」

宋江樂了：「看見了，這粥裡怎麼混進了妳這顆老鼠屎的？」

「你才老鼠屎，」陶枝準備要踹他，「這個問題你得去問我爸。」

宋江早有準備，熟練地躲開了，他一下子竄去遠方，在走廊那頭朝她擺了擺手裡的試卷：「盡快給妳。」

陶枝把試卷都分配出去了，輕輕鬆鬆地過了一整個下午，直到晚上放學，她剛出校門就看見陶修平的車。

這時電話剛好響起，陶枝接起來。

陶修平：『對面，看見我了沒？』

陶枝抬頭，看著那輛黑色轎車的駕駛座車窗正緩緩降下來，然後伸出一條手臂，朝著她的方向熱烈揮舞。

「……」

陶枝把電話掛了，走過去，打開副駕駛的車門上車：「大忙人今天怎麼有空？」

陶修平發動車子，笑咪咪地看著她：「這不是我家寶貝第一天開學嗎？多大的日子啊，我當然要親自來接啊，想不想爸爸？」

陶枝低頭扯安全帶：「不想。」

陶修平：「後座有杏林齋的蛋黃奶酥，剛出爐的，應該還是熱的。」

陶枝飛速扭過頭去，伸手把後座的紙袋拿過來，一秒改口：「陶修平同仁就是我永遠的男神，陶修平同仁的帥氣堪比吳彥祖。」

陶修平笑著敲了敲她的頭：「沒良心的臭小鬼，幾個月沒看見妳了，妳爸還沒有吃的重要啊？」

「你也知道你幾個月沒回來了，」陶枝拆開一盒蛋黃酥，捏起一塊塞進嘴巴裡，「皇上都沒你那麼忙。」

「畢竟家裡還有個公主要養，不忙的話養不起啊，」陶修平轉著方向盤，「今天想吃什麼，我請阿姨煮了湯，剩下的爸爸做給妳。」

「都可以，你就做你拿手的那幾道吧，都挺好吃的，」陶枝抬起頭，口齒不清道：「季繁今天會來嗎？」

陶修平握著方向盤的手頓了頓：「他那邊還有一點事要辦，結束以後媽媽會把他送過來。」

陶枝沒說話，側頭看向車窗外。

高二剛開學，還沒有開始晚自習，這時的天還沒有完全暗下來，藍紫色的天空透出淺淺的亮，月亮隱約在遠處冒出頭來。

半晌，陶枝才問：「爸爸。」

「嗯？」陶修平應了一聲。

「季繁以後都會跟我們一起住了嗎？」

「嗯……」陶修平想了想，「應該是吧。」

陶枝轉過頭來，認真地看著他問：「那媽媽以後就是自己一個人了嗎？」

陶修平沉默了一下，在等紅燈的間隙看了她一眼，才小心地說：「媽媽應該也有自己的打算。」

「那你們兩個以後也不會和好了嗎？媽媽現在不是還沒有男朋友嗎？」陶枝小聲說，「她也沒有再婚啊。」

車裡的空氣突然滯凝起來。

陶修平嘆了口氣，拉過她的手捏了捏：「枝枝……」

「沒事，」陶枝飛快地打斷他，像是害怕繼續聽下去似的，語速很快地說，「我就隨口問問，你們兩個自己高興就好，我沒有別的意思。」

陶家的住宅還是十幾年前的，那時候的陶修平賺到第一桶金才買下這棟房子，從此以後就再也沒搬過。

門口有一個不大的小院子，草坪修剪得整整齊齊，側邊立有鞦韆和兒童溜滑梯，是陶枝之前一時興起和宋江他們一起弄的。

家裡的阿姨已經燉好了湯，一進門就聞到一股濃郁的香氣，食材也準備得差不多，陶修平在洗好手之後下廚，陶枝喜歡的幾道菜很快就上桌了。

父女倆吃了一頓氣氛挺好的晚餐，陶修平又嘮叨了幾句，叫她好好讀書不要闖禍，才剛賠錢給上次揍的那個人，下一個又進醫院了，陶枝敷衍地應聲，終於把這尊嘮叨神送上樓。

她喝掉碗裡最後一點湯，上樓回到臥室中，關上房門後躺在地毯上，看著天花板發呆。

夜風鼓起窗紗，房間裡有點冷，陶枝打了個哆嗦，懶得起來拿毯子蓋。

她怕陶修平不開心，所以晚上沒再提起季槿的事情了。

但在她的記憶中，陶修平和季槿的感情一直都很不錯，在她和季繁剛升國中的那一年，兩人分得毫無預兆。

也沒什麼特別頻繁的爭吵和不滿，兩個人看起來都很平靜的樣子，陶枝還記得季槿帶著季繁離開的那天早上。

天濛濛亮，她沒有下樓去送，只是站在臥室的窗邊，看見季繁不願意離開，站在院子門口哭，一邊哭一邊喊著她的名字。

陶修平將幾個大行李箱搬出來，塞進了車子的後行李箱，季槿站在車邊，始終默默地看著。

臨走之前，她走過去輕輕地抱了他一下。

陶修平的背是僵硬的。

小陶枝不懂，她覺得爸爸和媽媽彼此仍互相喜歡，為什麼還是分開了，她不明白大人為什麼可以有那麼多的理由和原因，即使還喜歡著對方也無法繼續在一起。

其實她在前一天有偷偷問過季槿，是不是喜歡上別的叔叔了，女人梳了梳她的頭髮，對她說：「媽媽喜歡爸爸，也很愛枝枝，但有些時候，兩個人不是互相喜歡就可以一直在一起的，枝枝可能要很久以後才會明白。爸爸也愛枝枝，爸爸會對我們的小枝枝很好很好。」

那雙和她相似的黑色眼眸以及手指的溫度是那麼的溫柔。

小陶枝不明白。

她只知道從那一天開始，就不會有人在每天的早晨給她親吻，幫她綁漂亮的辮子了。

陶枝這個人心胸寬廣，忘得也快，有什麼不開心的事情只要洗個澡、睡一覺就解決得一乾二淨，隔天又是一個元氣滿滿的不良少女。

學霸的效率也挺高的，第二天就把寫完的物理和生物試卷交給她，陶枝還特地看了問答題一眼，也是寫得滿滿的。

陶枝放下心，又等宋江把剩下的幾科試卷都送過來，在週四早上交給了王褶子。

王褶子還挺詫異，經過這幾天的時間，他顯然透過表象看透了陶枝不學無術的本質，沒想到她能夠把這份作業交上來：「真的寫完了啊？」

陶枝背著手站在他辦公桌旁邊，一副老實的樣子。

「喲，寫的很滿啊，」王褶子隨手翻了翻，「好，我先看看物理的。」

陶枝應了一聲後離開了辦公室。

回到教室的時候還在早自習，她從後門進去，江起淮坐在最後一排，陶枝瞥了他的桌面一眼。

學霸確實是挺認真在讀書的，一個禮拜的時間下來，發現他不是在看書，就是在寫試卷，當有人來跟他說話時，他雖然會回，但也不主動。

用厲雙江的話來說，這個附中的帥哥學霸有點獨特。

因為幫她寫了物理，陶枝現在對他的印象好了許多，她向來是個一碼歸一碼的人，如果江起淮不那麼臭屁的裝腔作勢，她還是很樂意與這位公主殿下多說幾句話的。

這個念頭無法存活四節課。

上午的最後一節物理課，王褶子沉著臉進來，將一疊昨天的作業拍在講臺上，照常將其一本一本翻出來，點名輪流罵。

陶枝一開始還沒當回事，反正王褶子每天都是黑臉，厲雙江也被點起來挨罵一頓，陶枝本來聽得還挺開心的，下一秒就聽見王褶子：「還有妳，陶枝，妳給我站起來。」

「……」

陶枝臉上的笑容還來不及收回去便立刻站起。

「今天早上看見妳交作業的時候，本來還挺欣慰的，我認為妳也是被周圍環境所影響，開始想好好讀書了，我還想稱讚妳！」

「妳看看妳這張試卷寫的都是什麼東西？啊？沒有一題是對的，一整份試卷，連選擇題都沒有一題是對的！妳用猜的好歹能猜對兩題！」

「……」

陶枝笑不出來了。

「還有這個問答題，我看妳寫的有模有樣，結果妳寫數學公式是什麼意思？」王褶子氣得臉都憋紅了，「妳是當我沒學過數學嗎？我不認識啊？還有這個化學公式，「妳還挺全能，把其他科目的功課都發揮在我的物理上嗎？」

陶枝一聲不吭，緩緩轉過頭去，面無表情地看向坐在她後面的始作俑者，深黑的眼睛裡充滿死氣。

如果眼神會說話，此時這雙眼裡肯定只會出現五個字。

——你已經死了。

江起淮完全不怕她，絲毫沒有任何心虛和愧疚的意思，伸出長腿踩著桌槓和她對視，手裡還優哉地轉著筆。

「妳看妳後面的同學幹什麼？我說的是妳！」王褶子把手裡的試卷拍在講臺上，指著卷面怒道，「妳還好意思往後看？就這種程度的題，人家江起淮閉著眼睛都能全寫對！」

江起淮就看著他前面的同學渾身僵硬，緊繃的表情裡透著極力克制的憤怒，像從地獄裡爬出來的魔鬼一樣扭過頭來。

她流露出像是下一秒就會奮不顧身地將他生吃的眼神。

這時的江起淮難得突發奇想了一下，他把視線往上偏了兩吋，想看看這隻小土撥鼠的腦袋上會不會氣得冒煙。

如果怒火能夠具現化的話。

他不自覺的微勾了下唇角，下一秒又恢復成一副雷打不動的冷淡模樣。

陶枝轉過去了。

江起淮一邊轉筆，一邊好整以暇地等著聽她的解釋。

他坐在後面，看不清土撥鼠的表情，只能看見女孩縮了縮肩膀。

「老師，我不會寫，」陶枝小聲地說，「我也想把作業寫好，但是我的基礎太差了。」

挺能屈能伸的。

女孩滿臉真誠，聲音聽上去可憐兮兮的，王褶子的臉色也緩和了幾分：「不會寫也不能亂寫啊，有不會的地方可以問同學，也可以問老師，我天天都在辦公室。」

「我不好意思打擾同學，」陶枝表面上老實地承認錯誤，「我怕這週之前交不出來，所以在著急之下就開始亂寫了，王老師，我下次一定會好好寫，只是我可能會寫得比較慢，您別生氣就好。」

王褶子本來就是個嘴硬心軟的老師，看她認錯的態度非常誠懇，又是個臉皮薄的女孩，火來得快去得也快：「妳有這個決心就好，老師不怕你們寫得慢、錯得多，只要肯學習，老師和同學們都會願意幫妳的，不會的就勤問。」王褶子的語氣緩和下來，「好了，妳坐下吧，妳的基礎確實有問題，我再想想辦法。」

陶枝乖乖應了一聲後坐下。

坐的時候膝窩頂著椅子邊，不動聲色地使勁往後一蹭。

江起淮的書桌猝不及防被頂得往後一歪，桌邊呈三十度角翹起，擺在桌面上的試卷壓著書滑下來，幾乎都掉到了地板上。

江起淮：「……」

他俯下身去撿。

陶枝一副漫不經心的樣子，扶著桌邊「好心」地彎下腰來幫忙撿起試卷。頭一低下，她瞬間轉換表情，一邊假裝幫忙撿試卷，一邊湊過去，盡量控制著脾氣和音量，咬著牙：「我跟你是有什麼深仇大恨嗎？」

江起淮撿起一張試卷：「沒有。」

「那你為什麼陷害我？」陶枝壓著怒火小聲說。

「妳為什麼要叫我幫妳寫作業？」江起淮也壓著嗓子。

陶枝撿起一張試卷遞給他：「你都已經答應要幫我寫了，還故意寫錯，你還是個人嗎？」

江起淮接過來：「不是妳威脅我的嗎？」

「是你在老王辦公室先騙我說你也是來補作業的！」

「我沒說過。」

「……你他媽的？」陶枝沒想到江起淮能這麼差勁，她撿起最後一張試卷遞過去，火大地瞪著他，「你是沒說過，但你當時就是這個意思，你故意誤導我。」

兩個人鑽在桌底下，你遞一張我拿一張，小聲地交頭接耳，表面風平浪靜實則暗潮湧動。

江起淮在接過試卷後直起身。

陶枝也若無其事地轉回去了。

桌面以上的世界一片和平。

王褶子一邊叫大家翻開書，一邊往這裡看了一眼，沒有發現任何異樣。

坐在旁邊那排的同學和他們只隔著幾條走道，把對話聽得一清二楚：「……」

小學生嗎？

陶枝覺得這整整一節課都上得索然無味。

雖然平時的物理課也沒什麼滋味，但是她至少能睡覺，今天是氣得連覺都睡不著了。

陶枝用手臂撐著腦袋，手裡拿著一支筆，時不時裝模作樣地翻翻書，平均五分鐘就看一次錶，感覺分針像是凍住了。

她抽出手機，在抽屜裡傳訊息給季繁。

枝枝葡萄：『我輸了。』

季繁回得很快：『？』

枝枝葡萄：『我們班轉來了一個賤人，我鬥不過他。』

季繁：『哪方面的？』

枝枝葡萄：『他騙我！他跟我玩腦力激盪！心機好重！』

季繁：『別自討苦吃，妳又不擅長動腦的事情，懂不懂截長補短？直接跟他幹一架。』

陶枝：「……」

陶枝不想理他，氣到把手機丟回去。想了想後又不得不承認，季繁說得也有那麼一點狗屁道理。

終於快要熬到下課時間，陶枝抬眼，看著王褶子講完課本上的最後一題物理題目。

「好了，先到這裡吧，今天的作業是把課本上剩下的題目，還有這個單元的習作寫完。」王褶子拍拍手上的粉筆灰，離開教室：「都去吃飯吧。」

王褶子才剛走出教室，下一秒，陶枝霍然起身，將椅子往裡一甩，木腿刮著磚面傳來刺耳的聲響。

陶枝轉身，居高臨下地俯視著剛闔上課本的江起淮，殺氣騰騰：「打一架。」

江起淮揚眉，對她這種直截了當的回禮有些詫異：「我沒空。」

「我不是在問你有沒有空，你可能沒聽懂，」陶枝耐著性子跟他解釋，「我換個說法，你要讓我揍一頓。」

江起淮從上到下地打量她：「妳叫我跟一隻土撥鼠打架？怎麼打？比打洞還是嗑瓜子？」

「我叫你跟——」陶枝一頓，後知後覺地反應過來，瞇起眼，「跟什麼？土撥鼠？」

陶枝覺得，腦裡最後一根名為「理智」的神經也被拉斷了。

就在這時，教室的後門被打開，厲雙江的腦袋從門口探進來：「淮哥，老王找你！叫你過去一趟！」厲雙江還不知道，因為自己的一句話化解了一場災難，「他看起來挺高興的，應該是遇到什麼好事。」

江起淮轉身離開教室，厲雙江也跟著出去了。

付惜靈坐在那裡，扭頭看了看江起淮的桌子，又抬頭看向陶枝，猜測她會不會趁著桌子的主人不在，下一秒就抬起這張課桌，順著窗戶從三樓丟下去。

但陶枝在意的不是這些。

她轉過頭：「我長得像土撥鼠？」

付惜靈愣了愣，趕緊搖頭：「沒有啊。」

陶枝又指指門口，整個人還沉浸在震驚之中：「他剛才是不是說我是土撥鼠？」

付惜靈也不知道該怎麼回答這個問題，過了一陣子後，才慢吞吞地憋出一句：「土撥鼠挺可愛的。」

「……」

陶枝不知道自己為什麼，就被這沒頭沒尾還有點呆的回答哄住了。

她像是忽然洩氣一般，肩膀一塌，重新坐回座位上，委靡不振地說：「好吧。」

她側過頭，看著付惜靈從座位底下拿出保鮮盒：「妳帶便當啊？」

付惜靈「嗯」了一聲，擰開便當盒，她這幾天跟陶枝熟悉了一些，話也變多了：「妳要吃嗎？」

實驗一中的學生食堂還不錯，價格也不貴，學校旁邊還有一條小吃街，一整條都是賣吃的，多數人都是在學生食堂用餐或是出去吃，會自己帶便當的人很少。

陶枝沒什麼胃口地搖了搖頭，趴在座位上掏出手機傳了訊息給宋江，告訴他自己今天不去吃午餐了。

剛傳出去不到兩分鐘，宋江的腦袋從厲雙江剛才探出腦袋的位置伸了進來：「怎麼不吃了啊祖宗？為甚麼又不高興了？」

「別管你爸。」陶枝無精打采地說。

宋江跳了進來，懷裡還抱著兩瓶牛奶和兩盒夾心蛋捲丟到她面前，一屁股坐在她們旁邊的那排桌子上：「這不是關心一下我爸嗎？明明說過人生最重要的追求就是吃和睡，突然就告訴我說不吃午餐了。」

付惜靈捏著筷子補了一句：「她上課也沒有睡覺。」

宋江肯定道：「失戀了。」

「我失你媽的，」素質達人不耐煩地抬起頭來，皺著眉忽然問他，「及時雨，我長得怎麼樣？」

宋江跟陶枝從國小就認識了，算是半個青梅竹馬，這張臉早就看習慣了，也沒有看出什麼頭緒：「挺好看啊。」

付惜靈咬著一根青菜又說：「她是想問，你覺得她長得像不像土撥鼠。」

宋江摸著下巴：「啊？我覺得——」

他還沒仔細多想，二年一班的教室後門又再一次被人拍開，木門發出了聲響，是個不認識的男生。

「付惜靈，」男生熟門熟路地走進來，「今天可以陪我吃頓飯了吧？」

陶枝側頭。

男生穿著高三的制服，外套也要穿不穿地掛在身上，白色的袖口上還畫有黑色的骷髏頭，下身沒有穿制服褲子，配了條緊身牛仔褲。

也太過時了。

陶枝仔細看著那張臉，回憶了兩秒後才想起這個人。

在走廊上對女生動手動腳的白癡。

付惜靈收起拿筷子的手，身體明顯緊繃了起來，她扭頭，有些緊張地說：「我今天帶了便當……」

非主流皺眉，有點不耐煩：「妳怎麼天天都有理由，不是說好今天要跟我一起吃飯？」

「對不起，」付惜靈緊張地說，「可是，我也沒跟你說好……」

「我都跟我兄弟說過今天要帶妳過去，妳這樣讓我多沒面子？」男生往前走兩步，一把拉開最後一排空著的那張桌子，想要伸手去扯她。

宋江直接站起來，一把按住桌角，客客氣氣地說：「兄弟，這女孩說了，不願意跟你吃飯。」

非主流轉過頭去：「不是，你哪位啊？我跟我女朋友說話和你有什麼關係？」

宋江和陶枝同時轉過頭看向付惜靈。

「沒有！」付惜靈慌忙地說，「我沒有答應他。」

宋江樂了：「聽見了沒？人家不喜歡你，別死纏爛打了。」

非主流丟了面子，漲紅著臉向他衝過來，抬起手想要推他：「你他媽的是誰啊？管閒事管上癮了是不是——」

陶枝掃了他的位置一眼，抓準他走過來的時機把腳抬起，朝著江起淮的桌槓往前一踢，桌椅一起撞到他身上，宋江趁機一把抓住他伸過來的手腕往前扯，另一隻手扣著他脖子把人「砰」的一聲砸在桌面上。

「哎，」宋江喘氣笑著說：「你怎麼還動手了呢？」

非主流應該也是個會打架的人，用空出來的那隻手朝他肚子揍了一拳。兩個人直接在教室後頭打了起來，桌子和椅子被撞得東倒西歪，「哐噹」一聲，江起淮那張原本就被踢到中間去的桌子又被撞倒了。

倒了！

江起淮倒了！

陶枝快樂地看著他的桌子翻倒在地，試卷滿天飛，兩個熱血男高中生還踩在上頭，互相比劃著拳擊加柔道，一步一腳印地打。

宋江朝著非主流的肚子踹過去，眼看著戰火就要蔓延到她這裡，陶枝趕緊挪開位子，下一秒，非主流摔在她的椅子上。

陶枝靠著牆邊站著，不滿地指揮他：「你行不行啊？及時雨，你往那邊踹啦，我們還在這裡吃飯呢。」

宋江抽空看了她一眼，又被非主流招呼一拳。

緊接著，教室的後門在今天中午被打開了第四次。

江起淮推門進來，才剛邁開步伐，裡面的一片狼藉就讓他停下了腳步。

他站在門口，看起來極為冷靜地掃了一圈。

他的桌子被翻倒，抽屜裡的東西全撒了，倒著的椅子滑到教室另一頭，書包不知道為什麼被丟進牆邊洗拖把用的髒水桶裡，試卷和書本鋪滿地，兩個男的還踩在上面抱成一團激烈地打滾。

一張破洞的物理試卷剛好在他面前被風鼓起，於眼皮子底下轉個圈後飄下去，上面印著兩個巨大的黑色鞋印。

江起淮：「……」

這一架，終究還是打起來了。

陶枝內心一片祥和地想。

雖然我方選手不是她本人，敵方選手也不是江起淮。

不過不要緊，至少江起淮的桌子和所有物都參與其中，而這一切與她無關。

有的時候，勝利就是來得如此輕而易舉。

她倚著牆站在一旁，看著這個平時冷淡的連睫毛都捨不得抬一下的假掰王，這時卻面無表情地站在門口，視線跟著他的物理試卷一同往下飄，雙眼和唇角微垂，下顎的線條有一瞬間呈現緊繃的狀態，削瘦的手背上鼓滿青筋。

下一秒，江起淮轉過頭看向她。

他站在門口，她靠著牆，在這近距離之下，陶枝終於從那雙琉璃似的淺淡眼眸裡看出了幾分名為情緒的東西。

他不爽了。

在確定這件事以後，陶枝整個人都爽了。

陶枝看著他眨了兩下眼睛，滿臉無辜，像是在無聲地說——別看我，我什麼都沒幹。

她還煞有其事地搖了搖頭：「衝動。」

陶枝嘆息了一聲：「你們男生有的時候就是太容易衝動。」

把自己排除的乾乾淨淨。

衝動份子宋江爬起來又給了非主流一拳，腳下的試卷又蹭破了一張，非主流罵罵咧咧地站起來，剛要抬起手臂，王褶子就出現在江起淮背後：「幹什麼呢！幹什麼！在教室裡打架啊？都給我住手！」

兩位熱血的男高中生都因為這聲嗓子而停下動作，宋江臉上掛彩，相比起來非主流要慘很多，鼻青臉腫地站在那邊。

兩個人都不是二年一班的，卻在一班的教室裡打架，王褶子將兩人帶去找他們的班導。

教室裡頓時安靜下來，付惜靈仍舊緊握著筷子，嚇得不敢說話。

江起淮站在原地，一動也不動。

陶枝環視一圈教室後面空著的位置，剛才還沒什麼感覺，現在這麼一看，江起淮這滿地的東西確實是有點悽慘。

她當時也沒多想，就踹了他桌槓一腳，她跟宋江在打架上是老搭檔了，配合的默契好到沒話說。

而且打架這種事，本來就是先下手為強。

在一片寂靜裡，她看著江起淮終於有了動作，他沉默地走過去，將桌子扶起後踢回原本的位置，把一張又一張的試卷和課本丟回桌上。

然後，江起淮去水桶裡撈出他的書包。

水桶不大，書包也挺寬的，沒有全部掉進去，斜斜歪歪地卡在水桶邊，有一小半被浸濕了。

江起淮扯著書包帶把它提起來，懸在上方，髒水從黑色的書包上滴滴答答落下。等水滴得差不多，他把拉鍊拉開，將裡面浸濕的試卷和教材抽出來，丟進旁邊的垃圾桶裡。

在整理的的過程中，他一句話都沒說。他的制服也被書包上的水弄濕了，那個水本來就不乾淨，白色的制服外套上有著很明顯的髒痕，手指也是濕的。

就連陶枝這麼沒良心的人，都難得在此時萌生出一點不太舒服的愧疚和心虛，她總覺得江起淮似乎知道她幹了什麼，只是懶得說。

無論當時的她是不是故意的，也確實是她把他的桌子踢過去的。

陶枝有好幾次想開口，但也不知道該說什麼，她不太擅長應付這種陌生的局面。

沒人說話，空氣中瀰漫著僵硬和壓抑。

付惜靈終於緩過神來了，隔著桌子輕輕地戳了戳陶枝的背。

陶枝轉過頭去，看見女孩從下面偷偷遞給她一包面紙。

幹嘛？

陶枝有點茫然地看著她。

我又沒哭。

付惜靈朝她擠眉弄眼的瘋狂暗示，爾後又看向江起淮。

陶枝恍然大悟，將面紙接過後轉過身去。

她猶豫了一下，將面紙輕輕地放到他的桌面上。

江起淮垂眸，一瞬間將視線放在上面，沒有想接下的打算。

他本來就不是個性格多好的人，但他這次卻憋住了怒火。對此有點煩躁。

但眼前的兩個女孩一直盯著他看，似乎在等著他的回應。

江起淮頓了頓。

「謝謝。」他移開視線，冷淡開口，毫無情緒地說。

陶枝摸了摸鼻子，一時之間不知道該怎麼接話。

江起淮並沒有跟她聊下去的打算，他拎著書包轉身走出教室。

一片安靜裡，陶枝回過頭看著付惜靈，確認道：「他是不是生氣了？」

付惜靈點點頭：「我覺得有一點。」

陶枝也點點頭：「他也沒有用我們遞給他的面紙。」

「因為他生氣了，」付惜靈哄她，「但他說了謝謝，還是挺顧及女孩子的面子，所以妳也別生氣了，才剛開學，大家以後還要當兩年的同學呢。」

陶枝沒說話，視線落在江起淮那滿桌被踩得破爛且骯髒的書本與試卷上，腦子閃過他之前在辦公室填的那張表格。

雖然只是短暫晃過她眼前，而她也只是掃了一眼，但還是看到了上面的幾個字。

是一張助學金的申請表格。

江起淮從中午走了之後就沒再回來，下午第一節課下課，陶枝輪番將科任老師的辦公室都跑了一趟，最後去了王褶子那裡。

王褶子和宋江以及非主流他們班的班導都在，她進去的時候王褶子看到她，叫了她一聲：「陶枝，正好，妳幫我叫一下付惜靈。」

陶枝應了一聲，在王褶子扭頭的時候瞪了宋江一眼。

——你連女孩子都交代出去了？

宋江臉上掛了彩，剛去保健室處理過，左半張臉貼了一小塊白紗布，造型有些滑稽。

他無辜地攤了攤手，做了一個將嘴巴拉上拉鍊的動作，並用另一隻手指著旁邊的非主流，表示不是他說的。

陶枝在心裡「嘖」了一聲，看了臉腫得像豬頭一樣的非主流一眼，覺得他受這頓揍還是太輕了。

她在午休時候問了付惜靈的詳細情況，得知非主流長得還行，家裡應該也挺有錢的，據說在他們高三的那個小圈子中也是混得風生水起，女朋友換得很勤。

然後也不曉得怎麼就看上了小可愛付惜靈，不僅死纏爛打，還一天到晚學妹、學妹的叫，無論在午休時間還是放學的時候，都會堵住教室門，奶茶和零食勤懇地送。只要付惜靈越拒絕他就越來勁，還經常說一些噁心巴拉的話。

一節課過後，付惜靈紅著眼眶回來了。陶枝將桌面上那一攤白花花的試卷排整齊，一邊讓出位置一邊抽空看了她一眼：「妳哭了？」

「沒有，」付惜靈搖了搖頭，「我跟王老師解釋清楚了，他應該不會懲罰妳的朋友，他只是為了幫我。」

「原因不重要，他確實動手了，因為打架而被懲罰很正常，他早就習慣了，」陶枝沒把他當一回事，等她進去以後繼續整理起試卷，熟門熟路地說，「接下來應該就是找雙方家長來談，看彼此的態度，寫悔過書，週一升旗的時候公開承認錯誤，罰當幾週值日生什麼的。他們打得也不嚴重，應該不會記過。」

付惜靈突然想起非主流那腫得擠成一條縫，都快要看不見的眼睛，也不知道在陶枝心裡，到底要打成什麼樣子才算嚴重。

直到放學時間，江起淮都沒有回來。

陶修平難得在家裡多待了幾天，晚上照常接陶枝放學，女孩一上車，陶修平就感覺到這個小祖宗今天的狀態不太對。

心情好像不是很好。

「今天是板栗奶油酥。」陶修平說。

「哦。」陶枝應了一聲，只是低頭去扣安全帶，並沒有扭過身去拿。

不往後座撲了，不再說他是全世界最好的爸爸，長得像吳彥祖了。

陶修平一手轉著方向盤，一手揉著她的腦袋：「這是怎麼了？今天是誰惹我們公主不高興了？」

陶枝沒說話。

「又跟人家打架了？」陶修平猜測道，「進醫院了嗎？」

陶枝不滿地抬起頭來。

陶修平樂了，故意逗她：「還沒進醫院啊？」

「我沒有跟人家打架，才開學幾天而已，我哪有這麼容易惹事。」

「的確，」陶修平嚴肅地點頭，半真半假地贊同道，「我們枝枝是一個不愛惹是生非的乖小孩，通常都是別人先惹妳的。」

陶枝嘆了口氣：「宋江今天跟別人打架了。」

「嗯，然後呢？」陶修平耐心地問。

「他把我討厭的那個賤貨的桌子撞倒了，」陶枝沒有隱瞞自己的罪行，「是我踢過去的。」

陶修平：「……別說髒話。」

陶枝回憶一下中午的慘狀：「他的試卷和課本幾乎都掉在地上，書也髒了，好多試卷都被踩碎了。」

「……」

「書包還掉進水桶裡，裡面的東西也全濕了。」

「……是挺慘的。」陶修平回應道。

「然後他生氣了。」陶枝最後說，「雖然他很賤，但我覺得罪不至此。」

「那他沒揍妳？」陶修平看著自己的女兒，真誠地問。

陶枝面無表情地說：「他不知道是我幹的。」

陶修平有點想笑，但他憋住了：「嗯……爸爸也不知道該怎麼評價這件事，但如果他沒有做什麼特別過分的事，我覺得妳可以稍微大度一點，不用跟他一般見識，反正他都這麼慘了。」

陶修平太了解她女兒的個性了，八成是覺得有點對不起人家，但心裡又彆扭著不想主動承認。

他直接給了她一個臺階下，陶枝也就坦然地說服自己，心安理得地下了臺：「好吧，我就不跟他計較了。」

想通後的陶枝心情好了不少，在晚上回家吃過飯且洗漱完畢以後就回房睡覺了，第二天起了個大早，請陶修平送她去學校。

陶修平都還沒睡醒就聽見她在那裡敲門，他迅速收拾了一下後打著哈欠走下樓，去車庫開車。

到班上的時候，教室裡沒坐幾個人，陶枝彎腰看了自己抽屜裡的一眼。

她猶豫了一下，還是從抽屜裡搬出一疊厚厚的書，轉過身，剛要放到江起淮桌上。

教室的後門被推開，江起淮走了進來。

他的座位就在後門附近，江起淮一眼就落在她身上，垂眼看著她：「妳在幹什麼？」

陶枝懷裡還抱著一疊教材，正懸在他的桌面上方，動作僵住了。

這個人為什麼今天來得這麼早啊！

他平時不都是壓線才到的嗎！

陶枝尷尬地定在那裡，一時之間不曉得到底該不該把這些書放下。

就這麼僵硬地站了五秒。

反正也被看到了，陶枝乾脆一不做二不休，板著臉、咬著牙，一言不發地把手裡的東西放下了。

書還挺重的，落在桌面上發出了沉沉的聲響。

江起淮揚起眉梢：「這是什麼？」

「自己看。」陶枝彆扭地說。

她也不看他，沉默地扭頭坐下，動作一氣呵成。

江起淮也拉開椅子坐下，隨手翻開她剛放下的那些教材看了幾眼，最上面是一本嶄新的英文課本，底下也都全都是在開學時發下來的各科書籍和習作。

他昨天丟在桌上的那些破爛也都不見了。

書剛翻開，前面的女孩忽然轉過身，面無表情地又砸了兩大疊試卷過來。

江起淮看著「哐噹」兩聲拍在他桌面上的試卷，目測一下厚度，應該是從開學到現在這一個禮拜所有的試卷。

全部都是新的。

她幫他弄來了新的試卷和課本。

江起淮愣了一下後才反應過來，抬起頭看向她。

前面的女孩有著一頭黑色長髮，她俐落地綁起馬尾，腦袋還不自在地晃了一下，露在外面的耳尖有點紅。

然後，陶枝第三次朝後頭伸出手。

她這次沒有回頭，只是背著手，捏著一張薄薄的紙，慢吞吞地摸索後，放在他面前那厚厚的卷子上。

似乎是因為背著身看不見，也不確定有沒有放歪，她伸出一根又細又白的食指，指尖抵著紙片，緩慢的朝他的方向推了推。

薄薄的小紙片就跟著往前蠕動了一下，停了停，又蠕動一下，然後躺在他眼皮子底下。

陶枝的指尖在紙上輕輕地撓了兩下，又點了點，示意他看。

江起淮低垂下眼。

是一張薑餅人形狀的便條紙，小人的肚子上面有著龍飛鳳舞的字跡，和她本人一樣無法無天，潦草地寫著兩個字。

——休戰。

非常霸道。

並不是在跟他商量，毫無圓場的餘地，只是通知他一聲。

——我單方面的不跟你一般見識。

正常情況下，江起淮覺得這兩個字應該會讓他不爽才對。

但他的視線停在那個張牙舞爪的「休戰」上面，女孩白嫩嫩的食指還放在那裡，她不知道他有沒有看到，又用指尖在上面不耐煩地輕輕撓了兩下，像是在催他。

江起淮的指節無意識地跟著蜷了蜷，突然覺得某個地方好像也被撓了似的，有點癢。

不知道為什麼，他身子往後一靠，開始笑。

這是開學到現在一個禮拜以來，陶枝第一次聽見他笑。

她本來就背著身看不到後面，不知道他是什麼反應，也沒等到江起淮發出任何一點聲音，而開始感到有點煩躁。

結果等了老半天，這個人居然還大笑了起來。

有什麼毛病？

她昨天跑遍了每一個科任辦公室，跟老師說明情況，要來在開學以後發剩下的課本，她本來是想在放學的時候偷偷塞到江起淮的抽屜裡，但她沒辦法拉下臉。

早知道就在昨天晚上塞給他。

好不容易做點好事，為什麼還要遭受這種奇恥大辱？

陶枝憋不住了，抽手轉過頭去，有點惱怒地瞪著他：「你這是什麼反應？」

少年靠坐在椅子裡，整個人看起來很放鬆，反問她：「妳是從哪裡弄來這些東西的？」

「關你屁事。」陶枝語氣很差。

江起淮以食指輕敲了一下擺在最上面的英文書：「不是給我的嗎，見面禮？」

「我跟你第一次見面是在週一早上的辦公室裡，你確實是送了我一份大禮，」陶枝面無表情看著他，耿耿於懷地說，「江學霸貴人多忘事，可能記不得了。」

說著說著，她偷偷往他的試卷上看了一眼，發現薑餅人小紙條不見了。

休戰書不見了！

這個賤人是什麼意思？是不是想要撕毀和平條約！

陶枝想問，忍了忍，還是憋住了。

她是個容易把情緒寫在臉上的人，心裡在想什麼，一眼就能看得明明白白，只要她眼珠子一轉，江起淮就知道她想問什麼。

他又想笑了。

開學這一個禮拜他其實聽到了不少關於這位公主的事，家境好、成績差，次次都是學年排行榜上的倒數，打架惹事談戀愛第一名。

是個叱吒實驗一中且呼風喚雨，說一不二的風雲人物，非常出名。

就憑她這個智商還能當上風雲人物？

江起淮覺得實驗一中的流氓也是沒救了。

他垂下雙眸，看了桌子上的試卷和課本一眼，對於小土撥鼠的認知又多了一層。一朵從小被嬌生慣養在玻璃罩裡，細心呵護而逐漸成長的玫瑰。

宋江一直調侃粥裡混進他們這幫老鼠屎，可不是隨口說說的，平心而論，實驗一中確實是一所挺好的學校，在整個縣市擠一擠的話，還能勉強排進前三名。

第一名是雷打不動的帝都附中，長年出升學考榜首和數學理科滿分選手，是那種要是誰家小孩能考上附中，家長要連續放七天七夜的鞭炮，敲破整棟鄰居家門來通知的學校。

而江起淮是附中的第一名，上學期的三校模擬考，出題組故意出得很難，打算挫一挫這些小孩的銳氣，尤其是數學組，但他還是拿了滿分。

這麼一個人物轉學過來，實驗一中的高層非常重視，開學第一天，學校的董事們就已經來一班看過兩次了，王褶子也被校長叫出去開了好幾次會。

連帶著整個實驗一中的老師和學生都興奮了起來，覺得實驗一中的未來無限好，拚一拚的話這一屆的ＧＤＰ[1]或許可以保三爭二。

雖然表面上沒有說過，但一班的師資的確是最好的，任課老師不是年級主任就是學科組長，讀書氣氛非常濃郁，就連每天看起來不務正業，滿嘴騷話的厲雙江在上課的時候也是兩耳不聞窗外事。

陶枝是整個班級裡唯一的異類。

但陶枝依然悠閒得不受影響，她的目中無人達到了無論身處何種環境，都能對周圍的一切視而不見的程度，看來是沒救了。

但王褶子不這麼想。

他當了十年的班導，年年帶出來的班級都是拿得出手的，早在開學的時候，他就對每一個學生做深入了解。

陶枝在國二以前，成績一直都是學校的前幾名。

他也在私底下聯絡過陶修平，兩個人在電話中聊了很久。

陶修平是個非常開明的家長，王褶子教書這麼多年，幾乎沒見過這樣的家長。陶修平覺得既然他女兒現在不想讀書，那他每天硬逼著她也沒用，沒有什麼事情能比讓她快快樂樂地長大還要重要。但如果王褶子有什麼適合的方法能夠讓陶枝認真起來，他作為家長也會非常

1　ＧＤＰ：國內生產毛額，全名為 Gross domestic product，衡量一個國家或地區的發展水準所使用的指標。

樂意配合。

王褶子對陶修平的印象非常好，連帶對陶枝也多了些關注。

這個女孩的腦子其實很靈光，也有幾分小聰明。

明明找人來幫她寫作業，被發現後她就瞬間編出個合情合理的理由，在她上課睡覺時故意把她叫起來回答問題，拋個解題方向給她，她能順著這個方向遲鈍地說上幾句。

王褶子看過她這一個禮拜交上來的數學試卷，後面的幾道問答題和進階題，輔助線畫得其實都有畫對，但她算不出來。

幾何的天賦很高，代數卻爛得一塌糊塗。

王褶子嘆了口氣，思考該怎麼樣才能讓女孩重新意識到她要開始念書了。

此時的陶枝還不知道，她找人幫忙寫暑假作業的這件事其實早已被識破，還以為自己的演技完美無瑕得足以瞞天過海，也不知道平時凶惡的老王八，這時候正在辦公室對著她的成績單愁眉苦臉。

她這幾天上課難得沒有睡覺，單手撐著腦袋，要聽不聽地發呆。

這節是數學課，付惜靈將試卷攤開後放在兩人中間，上面全是密密麻麻的筆記，字跡清秀。

陶枝昨天只要到了新的課本，但有很多試卷都沒有剩下的了，她也懶得再到處問，直接把自己的試卷翻出來給了江起淮。

反正放著她也不會寫。

講臺上的老師講完了這段重點和主題，又講了一題試卷上的例題，剩下的題目要他們小組討論一起完成。

小組討論向來都是前後桌四個人一組，陶枝他們這組有些奇特。一班的學生人數剛好是單數，江起淮是沒有鄰居的，陶枝是個廢物，所以他們這組只有付惜靈和江起淮兩個人算。

付惜靈默默地鬆了口氣，還好江起淮是個神仙，寫題超快，不然他們的速度會被別的小組拉下一大截。

兩個人轉過頭去，江起淮全神貫注，飛快地在卷面上寫下答案，付惜靈有不會的地方就提出來，而他也會講解給她聽，他不疾不徐講解題目，聲音平淡且言簡意賅，效率很高。

一組題目做完，小組討論還在繼續。

江起淮終於抬起頭，抽空看了她們一眼，才注意到她們兩個只有一張試卷。

他側頭看向陶枝：「妳的試卷呢？」

陶枝嘴比腦快，也沒多想：「餵狗了。」

「……」

江起淮只用一秒鐘的時間意會到他就是那隻狗。

他看著轉過身來，像一團棉花似的大大咧咧癱在他桌面上、占了他桌子幾乎三分之二的女孩，一時之間有些無言。

陶枝躺在桌子上：「我好無聊。」

她翻了一面躺：「上課好無聊。」

「一班好無趣，上課都沒有人跟我玩。」陶枝沮喪地說，「我想念及時雨。」

江起淮看著她毫無自覺地霸占著自己的桌子，還在上面打滾。

他忽然覺得自己因為這一份課本和試卷，對她的忍耐度實在是提高太多、太多了。

江起淮懶得理她，往後翻了一頁，繼續寫後面的進階題。

付惜靈在做完題目後也想偷懶一下，小聲說：「妳可以跟大家一起讀書呀。」

「讀書更無聊，還沒什麼用。」陶枝撇了撇嘴。

「怎麼會沒用，」付惜靈想了想，決定灌雞湯給她，「我們好好讀書，就可以掌握未來的人生了。」

陶枝並不吃這一套，她早就聽膩了這些話：「再怎麼好好讀書，人生也不會掌握在自己手裡的。」

江起淮筆尖一停。

付惜靈的雙眼眨了兩下。

喜歡的人還是會離開，也會被重要的人拋棄。

「妳是抓不住自己的人生的，讀不讀書也沒什麼差別，而且讀書那麼辛苦，」陶枝反手灌了毒雞湯給她，「所以還不如從現在就開始快樂，快樂一天是一天。」

付惜靈提醒她：「可是現在的妳也不快樂，妳很無聊。」

「因為上課沒有人跟妳玩，」在旁邊安靜寫試卷的江起淮忽然開口，他一邊寫一邊不緊不慢地接話道，「沒有任何一個人能跟妳玩。」

「……你閉嘴。」

一個人要是賤，那麼無論休不休戰他都一樣賤。

陶枝一整天懶得再跟江起淮說話。

第二章　正副班長

週五的最後一節晚自習才剛開始沒多久，王褶子就進來叫大家停了筆。

一個禮拜的時間，班級裡的人互相熟絡了不少，王褶子準備用投票的老方法選出班級幹部，每個人一票，在紙上寫下自己認為最適合的人選後交上去，再開始唱票。

教室裡一下子熱鬧了起來，十六歲左右的年紀，是最美好的時候，每個人都在自己的青春裡發光發熱，擁有好勝心，也有口是心非的靦腆。

先把各個科目的小老師與股長選完，最後才輪到班長、副班長二人。

厲雙江在前面一個都沒選上，但他並不氣餒，一臉快樂地轉過頭來：「你們覺得我當班長怎麼樣？我們班還有比我更適合的人嗎？我可是對讀書充滿熱情！」

他隔壁的同學嘲笑他：「做什麼夢呢？你看看你那爛到爆的英文成績，讓你當班長的話，直接把我們班的英文總成績拉下去。」

厲雙江壓著他的腦袋不讓他說話，繼續對陶枝道：「老大，透露一下，妳選誰啊？」

陶枝在紙上大氣磅礴地寫上了「江起淮」三個大字，還大大方方地讓他看了一眼：「我選條狗吧。」

厲雙江：「……」

紙條由最後一排的人負責交上去，王褶子一張一張的拆開後念出名字。

每出現一次，黑板上這個名字下面的「正」字就會多出一畫，紙條念到接近尾聲時，江起淮的名字下面的正字一枝獨秀，遠遠地甩掉了所有人。

毫無懸念，只剩下另一個。

只剩那三、四個人的名字，一個咬著一個，票數相差無幾。

王褶子念到一半，突然說：「對了，忘了跟大家說，我會選這上面票數最多的當班長，」他敲了敲黑板板面，「而票數最少的人會是副班長。」

全班：「？」

有人忍不住在下面喊了一聲：「為什麼啊？王老師。」

「知道你們各個都覺得自己厲害，誰也不服誰，」王褶子慢悠悠地又拆開一張紙條，「這副班長的票數上上下下的，不是也拉不開嗎？差個一、兩票贏的話，剩下的幾個人服氣嗎？」

肯定是不服的，只會覺得對方是運氣好而已。

「看，這樣矛盾不就出來了……厲雙江一票，」王褶子一邊唱票一邊繼續道，「而且正副班長的工作也不完全是看成績來選，要選成績好的話，各科都有特別突出的有小老師，至於正副班長嗎？能出現在這上頭的名字，肯定是有那麼一個人服的，既然除了那個人以外，大家都不知道他值得學習的點在哪裡，那就乾脆站出來讓大家看看，是不是？」

語畢，王褶子拆開了最後一張紙條，愣了一下，然後樂了：「陶枝。」

瞬間，上一秒還吵吵嚷嚷的教室突然安靜了下來。

陶枝並沒有興趣關注班長競選，這種浪費時間又麻煩的工作，就算送給她她也不想幹，她早就在收拾書包準備放學回家度過愉快的週末了，卻忽然聽見有人叫她，而她也茫然地抬起了頭。

然後她看見教室裡幾十顆腦袋齊刷刷地扭過來，直勾勾地看著她。

陶枝：「怎麼了？」

「有人選妳。」付惜靈在旁邊小聲提醒她。

陶枝後知後覺地反應過來，皺起眉小聲說：「他媽的有病吧？誰選我啊？」

「不知道，妳有一票，」付惜靈抬頭看了一眼黑板上的那些名字，確認道，「剩下的最少也有兩票了，王老師剛剛說副班長是選票數最少的。」

王褶子大概也沒想到會這樣，拿起三角尺在講臺上敲了幾下黑板：「這次沒有人不服了吧？」

服。

誰敢不服。

服得澈澈底底。

「心服口服，」厲雙江抱了抱拳，第一個說話，「我他媽的直接下跪。」

「好，沒異議了吧？」王褶子憨笑道，「來吧，正副班長都上來讓大家熟悉一下，下禮拜一開始就正式上崗了啊。」

陶枝開始慌了。

她像個機器人一樣機械地站了起來，一步一頓、不情不願地往前挪，腦子裡只有一個念頭——到底是誰。

是誰有這麼大的狗膽。

她聽見她的身後同時傳來了椅子被挪開的聲音，有人跟在她後面往前走。

陶枝：「……」

答案是多麼的明顯。

陶枝猛地回過頭去，她停得很急，江起淮漸漸收住腳，兩個人貼得有點近。

陶枝的鼻尖幾乎快要抵上江起淮的制服領口，聞到了淡淡的洗衣精味道。

她剛想抬起頭來。

江起淮低聲說：「走。」

所有人看著他們，陶枝不情不願地轉身繼續往前走，跟江起淮一前一後地站上了講臺。

王褶子還在說話，陶枝一句也聽不進去，她背靠著黑板，微微偏了一下腦袋，用只有兩個人能聽到的音量說：「你寫的我名字？」

「妳不是也寫我的名字嗎？」江起淮也壓低了聲音說。

「……你他媽的是怎麼知道的？」

「我收的。」

「你偷看我寫的，老王八都說是匿名了，」陶枝怨恨地指責他，「你好卑鄙。」

「……」

江起淮想起她那一手跋扈至極，個人風格鮮明到一眼就能認出來的字，根本不用偷看就知道。

他沒說話，陶枝默認他是心虛了，她繼續道：「但是這能一樣嗎？選你的人有這——麼多，」她拖長了聲，「又不差我一個，而且你們書呆子不是都喜歡當班長嗎，你又是書呆子裡最呆的一個。」

她開始睜眼說瞎話：「我沒有任何私心，我就是覺得你很適合。」

你又是書呆子裡最呆的一個。

江起淮品了一遍這句話，點了點頭：「我也覺得妳很適合。」

陶枝：「？」

江起淮意有所指地說：「妳這種會折騰別人的人，很適合當副班長。」

其實江起淮只是隨手寫下陶枝的名字而已。

他對競選班長這種事沒什麼興趣，也不打算在高中時期的最後兩年和同班同學拉近距離，開學一個禮拜，在整個班級裡和他說過話的人屈指可數，江起淮也並不在意他們叫什麼名字。

唯一一個記住的名字，就只有陶枝。

因為她實在太奇葩了。

王褶子沒注意到兩個人在背後的小動作，站在講臺前全神貫注地又動員了一通，才終於轉過身來：「來吧，新上任的正副班長來說兩句吧？」

他還特地往旁邊站了站，讓全班都能毫無死角地看到他們。

非常體貼。

教室裡頓時安靜了下來，沒人說話，江起淮癱著臉站在旁邊，看起來也沒有開口的打算。

陶枝也不指望他真的能說兩句，她站在講臺上，看著下面一排排的腦袋，突然有種恍如隔世的感覺。

真是久違了。

上一次面對這樣一群腦袋的時候，是在她上學期跟人打架，於週一的升旗儀式上站在司令臺念悔過書。

這麼一晃眼都已經過去兩個月了，當時的場景還歷歷在目。

陶枝忽然有些感慨。

她往前走了兩步，雙手撐在講桌桌面上，先是環視了一圈，然後緩慢開口：「同學們。」

陶枝頓了頓。

所有人都在等著她的下文，厲雙江甚至連呼吸都停住了。

「時間不等人，」一片寂靜裡，陶枝擺了擺手說，「時間到了，都別傻傻地坐著，放學吧。」

一班全體：「……」

王褶子：「……」

陶枝回到家後，第一時間跟她的飼養員分享了這個喜訊。

陶修平抽出時間在家裡陪她待了幾天，今天因為工作而去了外地，晚上一下飛機就接到了她的電話。

電話接通，陶枝也沒廢話，直接開門見山：「陶老闆，我當上了副班長。」

陶修平沉默了五秒：『……妳當了什麼？』

「副班長，」陶枝把書包甩到地上，「我被選上當副班長了。」

她聽見陶修平在電話那頭倒吸了一口涼氣。

『妳被選上當妳們班的副班長了？』陶修平確認道。

陶枝沒說話，默認了。

『女兒，』陶修平說，『爸爸可沒花錢讓妳走後門，妳們這間學校除了可以進入好班以外，還連帶贈送副班長一職？』

陶枝單手拿著電話，把制服外套脫下後便隨手一丟，不滿地說：「你這是什麼意思？我是憑藉著自己的實力被選上的。」

『哪方面的實力？』陶修平頓了頓，不確定地問，『妳該不會去威脅老師了吧？』

那語氣聽起來就像是無庸置疑地認為，陶枝是真的能幹出這種事情。

陶枝不高興了：「陶修平同仁，你這樣說話會傷害我們父女之間的感情，我這個副班長呢，是我們班同學一票一票選出來的。」

陶修平：『妳把你們全班都恐嚇一遍了？』

陶枝決定跟他冷戰。

她不說話了，陶修平就在電話那頭笑，沒有繼續逗她：『爸爸開玩笑的，來，跟我詳細說說，妳拿了幾票？讓我了解一下我們家公主的人緣有多好。』

陶枝：「一票。」

陶修平：『……』

陶枝盤腿坐在地毯上，正準備將王褶子今天這離奇的操作跟他說一遍，嘴巴張開後，還不等她發出聲音，陶修平忽然說：『枝枝，爸爸接個電話，工作的事，等一下再打給妳。』

陶枝眨了眨眼：「那你——」

還不等她說完，電話的另一端已經掛了。

忙音在耳邊嘟嘟地響了兩聲，陶枝眨了眨眼，把剩下的半句話說完：「先去忙。」

沒有回應。

手機螢幕已經黑掉了。

陶枝知道，這通「等一下」的電話，無論等多久，今天都不會再打過來了。

她隨手把手機丟在地上，起身下樓準備吃點東西。

阿姨已經準備好晚餐，怕放太久會冷掉，見她下樓才把飯菜盛出來，四菜一湯，都是她喜歡吃的。

陶枝拉開椅子坐下，習慣性地拿起筷子戳了戳面前的米飯：「張阿姨。」

張阿姨正在幫她盛湯，瓷白的碗裡有著一顆顆圓潤的丸子，番茄切成薄片，湯汁濃香。

聞聲後才抬起頭來。

「陶老闆有沒有說什麼時候會回來？」

「沒說，」張阿姨的動作頓了頓，將湯碗放在她手邊，「陶先生工作忙，但還是很疼枝枝的，今天離開的時候還不情不願的，但有工作在催，也沒辦法。」

「我知道，」陶枝用筷子插起一顆丸子後咬了一口，翹著腿咀嚼著丸子含糊道，「他這次竟然在家待了整整五天，整整五天！」陶枝強調，「這也是破紀錄了，之後大概有幾個月見不到人。」

想了想，陶枝又補充：「幾個月也有點為難他，還是賭個過年前吧。」

第三章　他的私人世界

陶枝在吃完晚飯後，上樓看了電影。

小勞勃．道尼那版的福爾摩斯一共有兩部。等全部看完的時候已經凌晨了，陶枝越看越清醒，完全沒有睡意，甚至還有點餓。

她躺在床上看著天花板乾瞪了半個小時，放棄了，從枕頭底下摸出手機，傳了訊息給宋江。

宋江沒回。

陶枝等了一陣子，直接打電話過去。

響了幾聲後對面才接起來，大半夜扯著嗓門號叫，伴隨著鍵盤劈里啪啦地響：『能開嗎？能開嗎？能開嗎？我有大！我有大——喂！祖宗！怎麼了啊——我R了RRRRR了！』

電競男孩永不為奴。

陶枝拍開檯燈，從床上爬起來：「及時雨，出來吃消夜。」

宋江：『這都他媽的幾點了，妳還出去吃消夜——ADADADADAD先打AD，切後排啊傻子！』

陶枝被他吵得耳朵痛：「都幾點了你還在玩英雄聯盟，職業選手的訓練都沒你刻苦，快點啦。」

『好吧，』宋江那邊被團滅了一波，看來也是贏不了了，他直接放棄，『我換個衣服出門。』

和宋江家離得很近，陶枝穿好衣服下樓的時候，他已經在庭院門口等著她了，聽見聲音後便抬起頭來：「我上輩子是不是欠妳的？有事沒事就被妳叫出去吃消夜，妳是吃不胖，我胖了之後沒人追的話該怎麼辦？」

「人貴在有自知之明，你現在也沒人追。」陶枝提醒他。

宋江想想也是：「好吧，吃什麼？」

「滷煮吧，」陶枝邊往前走邊說，「萬古街那家，好久沒去吃了。」

萬古街是條挺有名的小吃街，消夜大排檔聖地，幾乎沒有會踩雷的店，從下午開始一路營業到深夜，整條街的街燈紅得喧囂沸騰，將濃郁夜色割得涇渭分明。

他們叫了計程車過去，小吃街裡面禁止車輛通行，所以讓計程車停在路邊，走過去差不多五分鐘。

兩個人下車後慢悠悠地往裡面走，陶枝順便問起宋江之前跟非主流打架的那件事。

「就那樣啊，寫悔過書，好好做人改過自新。」宋江說，「不過妳那個同學也是挺厲害的，你們班的老王一把她叫過去，她就開始哭，淚珠子跟自來水似的稀里嘩啦往下淌，止都止不住。三個班的班導都在，她就當著非主流家長的面前，邊哭邊說他是如何騷擾她的。」

宋江幸災樂禍地說：「妳沒看到非主流他爸媽當時的表情，要是有個縫，他們大概會想直接鑽進去，再封上一層膠水。」

說著說著，突然發現身邊的人不見了。

宋江回過頭去，看見陶枝站在不遠處側著頭，一動也不動。

他順著她的視線看過去。

是一家二十四小時的便利商店，冷白色的明亮光線透出巨大的玻璃落地窗，收銀檯前的男孩正在結帳，側臉還挺帥的。

宋江吹了聲口哨，剛想調侃一下陶枝是不是見色起意了，走近仔細一看，才發現有點眼熟。

正巧，收銀的男孩也抬起頭來。

宋江摸著下巴認了半天：「他長得怎麼有點像妳之前說的那個誰，附中轉來的那個？」

他之前去一班找陶枝的時候見過江起淮一次，因為這個人惹得陶枝開學第一天就發脾氣，他就多看了兩眼。

宋江轉過頭來，確認道：「是他吧？他怎麼在這裡打工啊？」

「我怎麼知道，」陶枝收回視線，轉身往前走，「走吧，滷煮、滷煮。」

宋江並不知道這兩個人已經休戰的這件事：「妳不是討厭他嗎？之前還要我幫妳宰了他。」

陶枝翻了個白眼：「我什麼時候叫你去宰他？而且我跟他已經簽了和平——」

她話還沒說完，宋江已經衝向店門口了。

玻璃感應門叮咚一聲緩緩打開，宋江大搖大擺地走進去。陶枝還來不及把他攔住，將髒話憋住後僵立在門口。

我他媽的！

陶枝整個表情都凝固了，有好幾次想要進去，但在邁開雙腿的那一刻，卻又縮回去了。
糾結再三，最終選擇躲在角落裡的暗中觀察。
也不知道為什麼，她突然沒頭沒尾地感到心虛。
有種偷窺了別人的祕密而被逮個正著的尷尬。
便利商店裡。
宋江正站在收銀檯前，肆無忌憚地打量著即將被他宰了的對象：「江起淮？」
他本來就長得不像什麼好人，渾身的惡意在此時蹭蹭地往外冒，差一點就把「老子來找碴」五個字寫在臉上了。
江起淮掀起眼皮子看了他一眼。
宋江往前走了兩步，雙手撐著收臺檯面向他靠去：「聽說你很跩啊？不過是附中的第一名，轉個學就這麼囂張，還沒搞清楚自己有幾斤幾兩，就誰都敢惹？」
江起淮沒有理他，興致缺缺地重新垂下眼，鴉翼似的黑睫下壓，透出一片陰影。
宋江獨角戲唱得並不寂寞，還在盡責地繼續扮演好他的角色，完成他的流氓發言。
他輕蔑地說：「說吧，你想要什麼樣的死法？」
「要買東西就自己進去拿，」江起淮沒什麼情緒地開口，聲線低淡，帶有一點漫不經心的冷漠，「想打架的話，我四個小時後下班。」
陶枝側身靠牆，將整個人藏進陰影裡，隔著玻璃窗看著裡面兩個人的烏龍對手戲。
她本應在第一時之間衝進去把宋江給拽走的，有幾次想要進去，卻又無法邁開步伐。

她的視線停留在裡面的江起淮身上。

少年穿著便利商店統一的襯衫制服，身形挺拔削瘦，動作間，襯衫的褶皺被骨骼的輪廓撐起，袖子往上折了兩折，冷光下的皮膚透出近乎病態的蒼白，神情冷淡又陌生。

和在學校時有種截然不同，那與世隔絕的疏離感。

這是另一個世界的江起淮。

是他們之間剛建立起來的微弱聯繫，還遠不足以讓她可以窺探的私人世界。

便利商店的感應玻璃門開開合合，兩個人的對話隱約地傳出來，陶枝嘆了口氣，抽出手機打給宋江。

宋江接起來，鬼鬼祟祟地背過身去壓低了聲音：『怎麼了？妳怎麼沒進來？』

「趕緊滾出來，不要再丟人現眼了。」陶枝不耐煩地說。

宋江：『妳不是一直想揍他一頓嗎？反正現在也是在校外。』

「早就休戰了，我現在想揍你一頓，反正現在也是在校外。」

宋江不情不願地走出來了。

陶枝掛掉電話，將雙手放進外套的口袋後抬起頭，便利商店裡的江起淮也突然扭過頭來。

兩個人的視線撞在一起，陶枝愣了愣。

江起淮瞬間就將視線定下，漠然地看著她。

而另一邊的宋江也走過來，大大咧咧地說：「怎麼了？為什麼叫我——」

陶枝一把揪住他的袖口，扭頭就走。

她的步伐很急，宋江趔趄了兩步才跟上：「哎、哎，妳急什麼？滷煮又不會跑了。」

直到走出這條街，陶枝才慢下來，扭過頭：「你們兩個說了什麼？」

宋江回憶了一下：「我問他想怎麼死。」

「白癡。」陶枝客觀地說。

「他說他四個小時後下班。」宋江有些無法理解，「他是認真的嗎？還是只是隨口說說的？」

陶枝沒理他，算了一下四個小時後，天都亮了。

平時上課的時候也沒見過他睡覺，這個人是不需要睡覺的嗎？

他們坐在滷煮攤子外面的位子，陶枝撐著腦袋發呆，店家的東西上的很快，宋江還在糾結「雖然你們兩個休戰了，但我都已經下了戰帖，就這麼跑走會不會顯得太窩囊？」的這件事，並且看了手錶第三次，憂心忡忡地說：「只剩三個小時了。」

陶枝筷子一放，點點頭：「你可以坐在這裡再等三個小時，反正老闆也不會趕人。」

宋江：「那妳呢。」

陶枝站起來往外走，背著身擺了擺手：「我回家睡覺。」

宋江：「……」

陶枝不分晝夜地在家癱了兩天，像一條鹹魚一樣，也不太看時間，睡醒之後看看美劇、打打遊戲，睏了就繼續睡，週末很快混過去了。

晝夜顛倒帶來的後遺症就是週一直接睡過頭，張阿姨在門口敲了幾次門才總算把她吵醒。

陶枝不緊不慢地爬起來洗漱下樓，叼著吐司出門的時候，司機剛好在低頭看錶。陶枝爬上車，從後視鏡裡討好地看著他：「顧叔叔叔，以後我遲到早退的這種小事，就不用跟老陶說了，你覺得呢？」

司機忍笑：「知道了、知道了。」

到學校的時候升旗典禮已經開始了，全校的師生按照班級和年紀，整整齊齊地站在操場上，而一班排在高二的最前端。

陶枝從隊伍的最尾端穿過去，路過了十幾個班，走到了一班的隊末。

江起淮站在最後一個，而他前面的人是厲雙江。

陶枝站在女生那排的最後一個，女生這排比男生少了兩個人，她剛好在厲雙江旁邊，厲雙江聽見聲音後扭過頭來：「早安啊，副班長。」

陶枝嘴裡還叼著沒吃完的吐司，含糊道：「早。」

「週末的作業妳寫了沒？」厲雙江問。

陶枝把白色的軟麵包吃掉了，將最外圍的吐司邊丟進身後的垃圾桶裡，真誠地提問：「有哪些作業啊？」

「上週五發的試卷，」厲雙江說，「我就提醒妳一聲，王二會在每週一上課前準備一個十分鐘的小考，題目從週末作業裡面挑，要是有錯的，他還會再幫你出一道類似的，換個答案，如果還是答不對就繼續換，非常變態。」

王二是他們班的數學老師，叫王傑，三班班導，數學學年組長，以折磨學生的手段變化多端而聞名，和王褶子齊名並稱為王氏雙煞。

陶枝沒聽過還有這樣的招數：「直到做對為止？」

厲雙江：「直到做對為止。」

陶枝沒當回事：「那不錯不就行了。」

抄抄學霸的。

厲雙江看透了她在打什麼主意：「妳別想了，妳的前後同學，包括妳旁邊的同學，跟妳拿到的考卷題目可能都不一樣。」

「什麼意思？」

「意思就是王二他每次的小考，會準備四種不同題目的考卷，每個人不一定會拿到一樣的題目。」

陶枝沒想到才開學兩個禮拜就遇到了這種殘酷的考驗，一時之間不知道在一班剩下的兩年要如何混過去。

每天都在跟各個科目的老師鬥智鬥勇。

還要面對尷尬的同班同學。

一整個下午的每一科小組討論，二年一班第一排最後一小組的氣氛都有點奇怪。

付惜靈話本來就不多，江起淮也幾乎是個啞巴，在上週的小組討論中，其實都是陶枝在提一些奇怪的問題，才讓氣氛不這麼尷尬的。

比如如何解開根號，以及碳酸鈣的化學方程式是什麼。

結果這禮拜的陶枝連句話都不說，也不趴在桌子了，手肘撐著她窄窄的椅背，偶爾不小心碰到江起淮的桌子時，她也會立刻收回去。

因為週末的事情，她顯得很不自在。

她想解釋一下，又覺得無論說什麼都挺奇怪的。

上午化學課下課，陶枝再次鼓起勇氣轉過頭去，指尖在椅背上面點了點，看了後頭正垂眼看著單字表的人一眼，欲言又止。

「想要什麼直接說。」江起淮突然出聲。

陶枝眨眨眼：「嗯？」

「上竄下跳的扭了一整個上午了，」江起淮抬起頭來，「妳有事求我？」

「什麼叫有事求你，」陶枝不知道為什麼這個人只要一開口就能讓人如此上火，她不爽的瞇起眼，「我有求過妳？」

「妳想好數學考試要怎麼抄了嗎？」江起淮反問。

「他不是錯一題出一題嗎？那我全錯不就得了，」陶枝滿不在乎地說，「他想跟我鬥？」

厲害。

江起淮沒再說話，重新垂頭看書。

陶枝也沒有上午那麼彆扭了，她真心誠意地好奇道：「你不用睡覺嗎？」

江起淮翻一頁，明顯是理解了她的問題：「我只有週末上大夜班。」

他正面提起了這件事，陶枝又開始不自在了。

她清了清嗓子，明知故問：「你那天跟及時雨打起來了？」

「沒有。」

陶枝看著他不鹹不淡的樣子，又有點好奇：「你真的會打架？」

江起淮抬眼：「妳想試試看？」

「你果然是想撕毀和平條約，」陶枝朝他伸出手，「把我的誠意還給我。」

江起淮過一陣子才反應過來，她這個和平條約指的是那張寫著「休戰」的薑餅人。

誠意指的大概也是這個。

他點點頭，平靜道：「妳寫了一個休戰，轉頭就叫人來問我想怎麼死。」

陶枝想都沒想就出賣了宋江：「不是我叫他去問的，他這個人就是喜歡打架，」陶枝嚴肅地說，「也不曉得為什麼，有時候在街上走著走著，隨便看見一個人就二話不說地衝上去給人一拳。」

江起淮：「……」

正在偷聽的付惜靈：「……」

樓下的八班，宋江正在跟人吹牛，吹著吹著忽然打了個噴嚏。

「一想二罵，誰想我了？」宋江納悶地嘟囔了一聲。

上午的最後一節課是數學課，王二果然拿著幾疊考卷走了進來，手臂下還夾著書，把考卷發給每個小組的第一排：「都別說話了，考試了，看看你們交上來的那些作業，我兒子今年上國中，都不會錯這麼多題。」

陶枝接過厲雙江遞過來的考卷後看了一眼。

還剩下三張，果然每一張都不一樣。

她隨便抽了一張從頭看了一眼，一共五題，全是問答題，讓人連猜答案的機會都沒有。

考試持續了十五分鐘。

王二在前面算著時間，準點一到，拿三角尺敲了敲黑板：「好了，就寫到這裡吧。你們難道沒辦法在十五分鐘內把這種簡單的題目寫完嗎？考卷從後往前傳，厲雙江你後面的同學已經等你等了半天了。」

厲雙江把最後一題寫完，放下筆轉過頭來，接過陶枝的考卷看了一眼。

陶枝的考卷是怎麼拿到手的，也就怎麼交上去了，除了最前面多寫了一個名字以外，下面的問答題一片空白。

厲雙江：「……」

不愧是副班長。

陶枝一手往前舉，一手往後伸，等了兩秒，感覺到江起淮的考卷往她掌心輕輕一拍。

她接過來，剛要傳上去，瞥見上面還疊著張便條紙。

薑餅小人被折起來從中間腰斬，多了一道折痕。

陶枝把便條紙拿過來，將考卷遞上後轉過頭：「這是什麼意思？」

「妳的誠意。」江起淮說。

真的就這麼還給她了？

「你這是要跟我宣戰？都說了不是我叫及時雨去找你麻煩的，你這個人怎麼這麼——」

陶枝一邊說著，一邊憤憤地展開了小紙條，爾後愣了一下。

小人身上，在她龍飛鳳舞的「休戰」下面，多出了兩個字。

不是她的字，字體略微斜著，筆鋒凌厲，豎和撇的筆畫拉得很長。

——准奏。

陶枝：「……？」

字是好看的，整齊到甚至連高矮胖瘦都一樣，陶枝盯著那兩個彷彿印刷的字體看了五秒，面無表情地抬起頭來：「我突然有點後悔沒慫恿及時雨多等你四個小時，你這個人確實是有點欠揍啊。」

江起淮不為所動：「別挑我打工的時候。」

考卷傳到第一排，王二二組一組地收上去，一邊往講臺上走一邊隨便翻了兩頁，翻到一半，頓了頓，忽然笑了：「來，陶枝坐在哪裡啊？站起來讓我看看。」

陶枝正要回嘴，轉過身站起來，還來不及把臉上的不滿收回去。

王二抖了抖手裡空白的考卷：「這是什麼意思？是在挑釁我？很叛逆啊。」

陶枝撇撇嘴：「我不會。」

王二半信半疑地看著她：「妳不會？我上節課剛批改到妳的作業，我記得妳寫得不錯啊，也沒錯幾題。」

「老師，」陶枝老實地說，「有各式各樣的方法可以把作業寫完，必要的情況下也可以藉由他人的幫助，但考試就不是那麼一回事了。」

她頓了頓，又小聲補了一句：「尤其是您這種，前後左右還考不一樣的題目。」

王二被她氣得噎了一下：「妳還挺實在啊，跟我抱怨？行了，我也不耽誤大家的上課時間了，妳下課去我辦公室一趟，坐下吧。」

陶枝剛要坐下，王二就低著頭一邊整理考卷一邊說：「正副班長是哪兩個，我聽你們王老師說過，週五剛選完是吧？還有我的小老師，站起來讓我看看。」

陶枝站著沒動。

她身後的江起淮也跟著站起來了。

王二抬頭，看到江起淮他不意外，數學滿分，但看著這一前一後站著的兩人，他一時之間還沒搞清楚，看向陶枝納悶道：「妳怎麼還站著？」

全班都在憋笑，有幾個忍不住笑出了聲。

王二反應過來了：「妳是副班長啊？」

陶枝開始有點不耐煩了。

「你們班的王老師挺有才的啊，」王二又笑了，看著江起淮調侃了一句，「你怎麼不幫幫你同事？沒事的時候可以教教她啊。」

他把陶枝的那張考卷抽出來拍在講臺上：「下課之後再把考卷拿回去吧，才五題啊，等等請妳同事講解給妳聽吧，給妳一整個下午的時間把這些給我弄清楚，晚自習去我辦公室，我再考妳一遍。坐下吧，先上課。」

陶枝麻木地坐下了，內心非常絕望。

她把手機抽出來藏進袖子裡，傳了訊息給陶修平。

枝枝葡萄：『老爸，我想換個班。』

陶修平難得的秒回了：『我看妳像個班。』

陶枝崩潰道：『這個班我是一秒也待不下去了！我想去個成績不好的班！』

陶修平：『妳看我像不像個班，妳要不再換個爸？』

「……」

陶枝剛要回。

陶修平：『好好上課，別玩手機。』

陶枝不知道為什麼，自從升上了高二以後，她的人生忽然發生了巨變，明明以前就算曠課、罰站、考零分都沒人管，現在卻又要開始讀書了。

每個科任老師，都像是在盯著出門沒拴牽繩的狗一樣地看著她。

簡直是酷刑。

這一節課她上得沒滋沒味的，下課鐘一響，她一溜煙地後門直接竄了出去，速度堪比百米賽跑選手，還是有天賦進國家代表隊的那種，半秒都沒有停頓。

付惜靈目瞪口呆：「她今天怎麼了，餓成這樣了？」

江起淮的考卷被她帶起，試卷的角還往上飄了飄，不鹹不淡道：「怕被我逮著跟她講解題目吧。」

付惜靈：「……」

付惜靈無法想像，江起淮抓著別人講解題目會是什麼樣子。

吃過午飯後，陶枝早早回了教室。

江起淮通常都在午休的自習時間回來，所以當她回去的時候，教室裡只剩下付惜靈和那幾個平時自己帶午餐的同學。

「枝枝，王老師剛剛來找妳，說等妳回來之後叫妳去他辦公室一趟。」付惜靈看見她坐下後說，「那個數學考卷，我幫妳拿回來了，妳還是請江起淮跟妳講解，不然妳晚自習怎麼辦？」

陶枝趴在桌子上打了個哈欠，下巴擱在桌面上，垂頭看了那張有著五題問答題的數學考卷一眼。

她突然覺得，如果叫江起淮講解題目給她聽的話就算認輸了。

「要不然妳講給我聽。」陶枝無精打采地說。

付惜靈支支吾吾道：「我數學也不是很好……」

「好吧，」陶枝站起身，「我下午來問問厲雙江。」

她起身走出教室，慢悠悠地往王褶子的辦公室走。午休時間的走廊很安靜，大多數的人都還沒回來，陶枝走到辦公室門口，門開著一半，她準備抬手敲門。

「助學金的事情我跟李校長說了，已經核准了，李校長那邊的說法是，只要你的成績能保持住，學校就會幫你申請全額獎學金。」

陶枝動作一頓。

王褶子繼續道：「你在附中的時候也是拿全額獎學金吧。」

江起淮「嗯」了一聲，聽起來和平時沒什麼差別。

「你放心，學校不會讓你操心這些事，你只要好好讀書並拿出成績來就好，」王褶子的語氣難得和緩，「既然來了實驗一中就是我們實驗一中的人，可能因為剛開學所以比較難融入大家，但同學們都挺好相處的，熟起來就好了，你有什麼不習慣的直接來跟我說。」

江起淮說了一聲，「謝謝老師。」

「我之前也有打電話給你媽媽過，都沒打通，看你父母什麼時候方便，我也想跟他們好好聊一聊。」王褶子又說。

江起淮這次接得很快，幾乎是脫口而出，聲音明顯冷了：「我沒父母。」

帶著一點這個年紀的少年特有的倔強。

陶枝愣了愣。

王褶子也沒說話。

陶枝靠在門框上有些走神，隱約聽見裡面江起淮又說：「那我先回去了。」

「好，你回去吧。」

陶枝瞬間回過神來，辦公室裡的腳步聲響起，她有些慌亂地掃了一圈光禿禿的走廊，沒什麼地方可以躲藏，離樓梯口又很遠，最近的一個教室門離這裡也有十幾步的距離，無論如何都來不及。

辦公室裡的腳步聲近在咫尺，陶枝幾乎來不及思考，她猛地轉過身，面朝著牆，整個人緊緊地貼在牆面上。

下一秒，辦公室的門被人推開，江起淮走出來。

陶枝背對著他，肩膀有些僵硬，一動也沒動。

寂靜了五秒。

她感覺到從左耳上方那邊傳來一點淺淡的鼻息，少年淡淡地開口：「妳在幹嘛？」

陶枝的額頭抵著冰涼的牆面，逃避似地不想回頭，聲音有些悶：「我什麼都沒聽見。」

江起淮似乎覺得有些好笑：「妳心虛什麼？」

陶枝沒說話，也沒回頭，整個人又往牆面上擠了擠，似乎很希望能夠和牆融為一體。

又安靜了幾秒。

江起淮也懶得跟她耗，轉身正要走。

陶枝忽然回過頭來，她飛快地瞥了他一眼，然後又重新垂下眼去，看起來非常心虛。

「我不是故意偷聽的。」她小聲嘟囔，「對不起。」

江起淮以為自己聽錯了。

「再說一遍。」

「我不是故意偷聽的。」陶枝乖乖地說。

「不是這個，」江起淮勾起唇角，「後面那句。」

——對不起。

陶枝抬起頭來，有些惱怒地瞪著他。

江起淮低垂著頭站在她面前，正午的陽光灑進窗裡，將他那雙桃花眼染上一層溫柔的潤澤，中和了些許的鋒利和冷漠。

鼻梁也被點上一道光，高高的鼻梁中間有一小塊突起的骨骼，唇角掛起很輕的弧度。

陶枝仰著頭，瞬間有點出神。

她忽然覺得體內的某處重重地跳了一下，有個東西正帶著未知的重量從高處雷霆萬鈞地砸下來，餘震連帶著心臟也跟著抖了一下，血液隨之湧上，小小的火花在腦海裡滋滋作響，不管不顧地炸了一下。

也只有那麼一瞬間而已。

下一秒，這種奇異的感覺消失得一乾二淨。

陶枝眨了眨眼：「我不會跟別人說的。」

江起淮並不在乎會被其他人知道：「無所謂。」

看他一副不曉得是不在意，還是根本不信任她的樣子，陶枝有點不高興了：「我真的不會跟別人講的，我都替你保守祕密這麼久了。」

江起淮瞥她一眼：「什麼叫『這麼久了』？」

「我早就知道了，」陶枝乾地說，「第一次見到你的時候，你在填那個……申請表，我看到了。」

江起淮沒說話。

這隻小土撥鼠脾氣一點就炸，確實被她氣得炸過幾回，但是她從沒提過這件事。

陶枝似乎是怕他不相信自己，又強調了一遍：「我不會用這種事情來攻擊你的，那樣很卑鄙。」

江起淮低垂下眼。

陶枝繼續說：「我就光明正大地打敗你，讓你總有一天對我心服口服，深刻地意識到我的厲害，明白自己根本不是我的對手，然後跪下向我求饒。」

江起淮用奇異的眼神看著她，不知道這個小瘋子又在做什麼夢。

陶枝顯然陷入了自己的幻想之中，一時之間管不住自己的嘴，瘋狂打嘴砲，她樂不可支地說：「但我不會原諒你，我會把你打進縫裡，摳都摳不出來。」

分享過祕密的人總是會覺得兩個人的關係有所改變，比如窺探祕密的人，會認為自己跟對方已成了對等關係。

從各個方面來說。

「考卷拿過來。」

「我不要。」

「拿過來。」

「我把它吃了。」

十分鐘後，陶枝坐在自己的位子上，和江起淮針鋒相對。少年靠坐在椅子裡，從淺褐色瞳仁裡閃過的溫柔彷彿錯覺般，消失得無影無蹤，取而代之的是再熟悉不過，那漫不經心的冷淡。

江起淮說了兩遍，沒興趣再繼續跟她浪費時間：「算了。」

他說著，坐直了身自顧自地翻開課本，放棄去拯救他無藥可救的同事。

也不知道她在倔強些什麼。

陶枝撇了撇嘴，也轉過身去，最後又看了前面那空蕩蕩的座位一眼，厲雙江也不知道去哪裡了，到現在都還沒有回來。

她不情不願地從抽屜裡掏出今天上午的那張隨堂測驗卷，「啪」地一下拍在了江起淮的桌上。

她認為要請江起淮講解題目給她聽的這件事，會讓她覺得他們之間的平等關係要被打破了。

江起淮看了一下那張空白的考卷，又撩起眼皮子掃了她一圈，眼神看起來有些刻薄。

陶枝被他看得又要炸毛：「你那是什麼眼神？」

「為什麼會有人連這麼簡單的題目都不會——」江起淮頓了頓，「的眼神。」

他說完後便拿起筆來，看了題目一眼。

右側給出的坐標軸上已經畫了輔助線了，江起淮一開始還沒在意，覺得那只是隨便畫著玩的，看完題目以後他頓了頓，抬起頭來。

陶枝正懶洋洋地趴在他的桌子上，下巴擱在臂彎裡，對著他打了一個大大的哈欠。

注意到他的視線，她含著因為打哈欠而流出來的淚說：「看我幹嘛？寫你的題目。」

江起淮：「……」

女孩抹掉眼角溢出來的淚花，然後在試卷上點了點，不滿道：「都過了老半天，你怎麼一個字都還沒寫？」

江起淮沒有回答，只是用筆尖敲了敲卷面：「妳畫的？」

「不然你畫的？」

江起淮沒搭腔，他似乎是在想別的事情，沒把注意力放在她的話上，提起筆來開始寫題。

陶枝百無聊賴地看著。

這個人的字很好看，字體長，微微傾斜著，每一個字的大小胖瘦都像是用尺測量過後才寫出來的，行行排列在紙上，非常整齊。但凡豎和撇、捺的這種筆畫，他又習慣性地拉得很長，往外甩出去，多了幾分不羈，打破了那種墨守成規的工整感。

陶枝不知不覺將視線從他筆下的考卷往上移。

少年寫得很專注，睫毛烏壓壓地垂下來一整片，又長又密，跟塗了生長液似的，讓女孩都有點嫉妒了。

她忽然又萌生出一點沒來由的好勝心。

「喂。」陶枝忽然開口。

江起淮沒反應，不知道是不是太專注了所以沒聽見。

「你拔一根睫毛下來給我看看。」陶枝命令他。

江起淮筆尖一停：「妳有什麼毛病？」

陶枝氣鼓鼓地說：「我要跟你比比看誰的睫毛比較長。」

江起淮沒理她。

他很快就把五題問答題寫完了，將最後一個公式列完後寫出答案，他習慣性地轉了一下筆：「公式都在上面，自己看。」

陶枝往前探了探身子，歪著腦袋看著卷面上密密麻麻的字，一臉茫然：「這些是什麼公式阿？」

整張試卷上的五大題，除了最後一題略有難度，其餘四題的輔助線她都有畫對。

她是有解題方法和邏輯的，卻連一個公式都不會。

沒見過這種類型的學渣。

第四章　我弟弟沒了

陶枝這輩子見過最無聊的老師，是陶修平在她高一的時候幫她請的家教，她只耗時兩個禮拜的時間就成功地把人氣走了。

現在的她覺得，江起淮講解題目的無聊程度，跟那位家教相比有過之無不及。

紅色的中性筆在一個公式下面畫出一橫：「二次函數。」

「三角函數。」

「二倍角公式。」

陶枝眨著眼，在旁邊指揮他：「你幫我用紅筆寫上，你這麼說我也記不住。」

「記不住的話妳就晚自習去數學辦公室，叫王二陪妳背，也不用回家了，」江起淮毫無波瀾地說，「這個，參數方程式。」

鐘聲從走廊響起，中午的自習時間終於結束了。

陶枝也鬆了一口氣，抽過試卷轉過身來。

下午第一節課是體育課，高二以後，能不能上體育課都得聽天由命，也取決於當天各科老師的心情如何，他們上週的體育課就被英文老師和物理老師占用了。

這週的王褶子看起來沒有占課的打算，教室裡的人歡呼一聲，一溜煙跑了個精光。

陶枝把剛才江起淮說的那幾個公式標在考卷邊緣，才不緊不慢地晃出去了。

實驗一中很大，體育館和高二的教學大樓隔著一個對角，陶枝抄了近路，從食堂穿過去以後，又繞過一小片綠化，走到體育館的時候剛好打了第二遍的上課鐘。

陶枝從側門進去，隔壁的室內籃球場地有幾個班在打球，她靠邊走過去，一班已經列隊站好了，體育老師正在前面說話，她偷偷摸摸地站到隊伍最末端，混進人群。

「今天是我們們班的第一節體育課，上禮拜沒上是吧，」體育老師看起來五十幾歲，說話緩慢，還笑咪咪的，「既然是第一節課就讓你們好好放鬆放鬆，體育股長出列。」

站在陶枝旁邊的高個子往前走了兩步。

「體育股長叫什麼名字啊？」

「趙明啟。」高個子喊了一聲。

「照明器啊，名字取得挺好的。」體育老師笑呵呵地說。

一個班的捧場王跟著笑起來，趙明啟的臉有點紅，不好意思地撓了撓鼻子。

「好，今天第一天就讓你們好好去玩，體育股長先帶大家去繞館跑兩圈，熱熱身子，」體育老師非常好說話，「跑完就解散去自由活動吧，該打球的打球，平時上課也挺累的，今天就放你們一馬。」

眾人歡呼一聲，趙明啟列隊右轉出了體育館，一班這群平時埋在課本裡的書呆子們，在跑完兩圈後個個都坐在臺階上氣喘吁吁，只有幾個精力好的男生還在上竄下跳。

厲雙江在地上坐了一陣子後一躍而起，勾著趙明啟的脖子：「走啊啟哥，打球去。」

青春期的男生似乎都對籃球有著格外的熱忱，男生三三兩兩地站起來，往館裡走去。

陶枝蹲在體育館門口的臺階上，瞥了旁邊的江起淮一眼。

沒人叫他。

也沒人敢叫他。

無論其他人有意無意，轉學生總是會被排除在外。再加上江起淮這種生人勿近，完全不好相處的性格，平時在班級裡除了厲雙江這種自來熟的，幾乎沒有人敢跟他搭話。

她跑了兩圈後喉嚨有點乾，起身打算去旁邊的福利社買瓶水，站起來的時候又看了旁邊的江起淮。

少年穿著白色的制服外套，大概是因為剛跑完步覺得有些熱，拉鍊拉得很低，露出裡面的白色T恤一眼。

他幾乎沒出什麼汗，短髮有點亂，隨著他的動作垂下來遮在眉眼上方，唇角低垂著。

幾個男生勾肩搭背地進了體育館，沒進去的也都三五成群地站在一團說話聊天，只有他靠站在牆邊，和周圍的環境割出兩片不同的天地。

看起來像個孤零零的小可憐。

陶枝收回視線，將手插進口袋裡，慢悠悠地往福利社走去。

因為還是上課時間，福利社裡的人不多，陶枝在買完水後走回了體育館，但門口已經沒人了，她從後門進去，看見女生正坐在籃球場邊一排排的椅子上聊天。

她走過去把水放在長椅旁邊，轉身去了趟廁所。

體育館一共四層樓，一樓有兩個很大的室內籃球場，旁邊是室內網球的場地，洗手間在走廊的盡頭。

陶枝在門口就聽到裡面有動靜。

她沒太在意，推開門徑直走進去，裡面充斥著幾個女生吵吵嚷嚷的笑聲，聲音很大，還有手機和相機「喀擦喀擦」的聲音。

「哎，別動啊，我再幫妳照一張。」

「這張挺好的，我喜歡，等等記得傳給我。」

一開始的陶枝還以為她們在自拍，從隔間出來後走到洗手臺邊洗了手。

然後她聽見裡面傳來女孩子很輕的哭聲。

「妳哭什麼啊，不是幫妳拍得挺好看的嗎？」最開始說話那個女生笑嘻嘻地說，「勾引別人男朋友的時候那麼不要臉，還反咬一口說人家纏著妳，人家現在都被妳搞到停課回家了，妳他媽的裝什麼可憐？喜歡跟老師告狀？」

陶枝皺了皺眉走了過去。

最裡面的一個隔間，有三個穿著高三制服的女生圍在牆角。

付惜靈蹲在角落，整個人緊緊靠在隔板牆上，她的制服和裡面的T恤都被扯掉了不少，露出內衣和皮膚，平時毛絨絨的短髮也變得亂七八糟的。

她的下巴被說話的那個女生狠狠地掐住後抬起，豆大的眼淚劈里啪啦地往下砸，左臉上有一個紅腫的指印，整個人哭得發顫，抽噎著說不出話。

而另外兩個女生正舉著手機對著她拍，喀擦喀擦的相機聲混著惡意的笑：「這張也挺好看的，晚上傳到學校的公布欄上給大家欣賞一下。」

陶枝覺得自己的理智被剪斷了。

她一腳把半掩著的隔板門踹開，門板撞擊著牆面發出「砰」的聲響，在空曠的廁所中迴盪。

幾個女生嚇了一跳，舉著手機轉過頭來，陶枝直接把手機抽走，丟進裡面的馬桶裡。

付惜靈愣愣地抬起頭，用紅腫的雙眼看著她。

陶枝低垂著頭，女孩就這麼看著她哭。

湊近後才看見她的唇角破了，滲出一點血絲，白皙的頸子上有指甲抓出的血痕，她的眼睛全紅了，淚水無聲地往下滑，壓抑著狼狽和絕望。

手機沉到水底，前面的兩個女生像噪音製造機一樣尖聲大罵，陶枝沒聽清楚，她脫掉制服外套劈頭蓋臉地丟在付惜靈的身上，然後扯著兩個女生的衣領猛地往前一推。

似乎是沒想到她會突然動手，兩個人猝不及防往前栽過去，其中一個跌坐在地上，另一個反應很快地伸出手來向前尋找支撐的地方，然後一巴掌拍進了馬桶裡。

陶枝壓著她的腦袋往裡一按，向前走了兩步，捏住扣著付惜靈下巴的手腕往外一掰。

女生痛叫了一聲：「妳幹什麼！妳他媽的是誰啊！」

陶枝扯著她的手腕往外拖。

女生趔趄地被她絆倒在地，開始掙扎，長長的指甲抓著她的手臂，深深地陷進皮肉中劃下，白皙的手臂瞬間鼓起血紅的痕跡，血絲跟著滲出來。

陶枝像沒感覺似的，扯著她的手臂將她拖出洗手間，再拉進走廊。

空曠的體育館走廊頓時傳來女生的尖叫和咒罵聲，陶枝拖著她穿過昏暗的走廊，走進燈火通明的室內籃球館。

聲音很快引起大家的注意。

球館裡有四個籃框，分成兩個場地，每個場地都有人在打球，旁邊的長椅上坐滿了在聊天的女孩，此時紛紛回過頭來。

左邊那個場地上的厲雙江三分進籃，球「哐噹」地砸下來，落在地上彈了好幾下都沒人去接，他一回頭，就看見陶枝拖著人走過來。

「我靠，副班長這是在幹嘛呢？」厲雙江往前跳了兩步。

陶枝拖著人走到球場中間，一群汗水淋漓的男生面面相覷，目瞪口呆地看著她，不知道發生了什麼事情。

那個女生還在罵，在尖叫聲中混著難堪得哭腔，罵得不堪入耳，指甲深深地摳在陶枝的手臂裡，指縫間已經全是血了。

走到球場中間後，陶枝手一鬆，女生瞬間恢復自由，一下子跌坐在原地。

下一秒，還不等她反應過來，陶枝拽著她的衣領把人半扯起來，抬手給了她一巴掌。

結結實實地「啪」的一聲脆響，在安靜的場館裡迴盪。

力氣很大，女生的頭順著那股力道猛地往旁邊一偏，罵聲戛然而止。

她抬起頭，臉上瞬間浮現出鮮紅的指印。

女生終於回過頭來，難以置信地瞪著眼前的人：「妳他媽——」

緊接著又是一聲脆響，陶枝再次反手甩了她一巴掌。

少女居高臨下地看著她，臉上沒什麼表情，漆黑的眼底不含情緒：「罵整路了，話怎麼這麼多啊。」

女生的頭順著她的動作被甩過去，眼前花了一下，耳朵嗡的一聲，臉上火辣辣的痛。

她一時之間還沒反應過來自己在什麼地方，只是下意識地回嘴：「我靠，妳——」

陶枝在她開口的時候甩手，第三個巴掌再次狠狠地甩上去，完全沒有手下留情。

女生整個人跟著被甩到一旁，澈底跌坐在地上。

籃球館裡一片死寂。

陶枝蹲下去看著她，瞇起眼來：「喜歡打別人巴掌？」

那女生澈底沒聲音了，兩邊的臉頰全腫起，眼睛通紅，死憋著沒哭，整個人都在抖。

「還喜歡脫別人衣服，那就在這裡脫吧，」陶枝深黑的眼睛看著她，輕聲說，「妳剛剛是怎麼脫別人衣服的，現在就怎麼脫自己的，給大家欣賞一下。」

女生抬起頭來，死死地咬著嘴唇，難堪和疼痛一起襲來，眼淚終於滑了下來。

陶枝看著她，再次舉起手來。

女生下意識一抖，死死地閉上眼睛。

一雙冰涼的手捏著她的下巴，托起她的頭，跟她十分鐘前的動作一模一樣。

她閉著眼，感覺到有人靠近並湊近她的耳畔，聲音裡帶著冷冰的惡意，猶如惡魔低語：

「妳不脫的話我就揍妳，妳只要磨蹭一分鐘，我就搧妳一巴掌。」

橘色的籃球在地上彈了兩下，然後順著場地滾到邊緣。

沒人說話，也沒人知道發生了什麼事，只有中間幾個離得比較近的人有聽清楚，厲雙江隱約聽到她們的對話後猜了個大概。

陶枝以前也幹過類似的事情。

高一的時候，厲雙江在某一天去老師辦公室拿試卷的時候就聽說過，這屆出了兩個不得了的問題學生，跑到別的人班裡把幾個男生揍進了醫院，因為在路過的時候看見他們把同學的腦袋按進水桶裡了。

後來好像還停課了一段時間，也寫了悔過書，無論出發點是因為什麼，架還是打了。

場地中間，女生渾身哆嗦著哭，漂亮的臉上是鮮紅的指印，力氣大到滲著血絲。

陶枝蹲在她面前，手臂搭在膝蓋上：「三十秒。」

女生整個人劇烈地顫了一下，哭著抬起頭來看向周圍的人：「救……救我——」

她哭得很慘，旁邊有個男生的表情中帶有一絲動容，忍不住抬了抬腳。

又是「啪——」的一聲，陶枝又賞她一巴掌，打斷了她沒說完的話以及那個男生的腳步。

女生像被折斷似的再次被甩到一旁。

陶枝面無表情地看著她，聲音平靜到沒有一絲波瀾，手上的力道卻一分也沒少：「我只讓妳脫，誰讓妳說話了？」

江起淮拎著一瓶水，坐在籃球架下看熱鬧，還看得津津有味。

最讓人難以忍受的不是疼痛，而是羞辱。

這種當著近百人的面，在大庭廣眾之下的羞辱，更讓人崩潰的是精神上的難堪。

她很明白這一點。

開學一個多禮拜，陶枝這個在實驗一中似乎名聲遠揚的不良少女，始終表現出挺好相處的樣子。跟所有人都能聊起來，懶懶散散，喜歡睡覺，一逗就會炸毛，只要順著毛耐心地捋捋後很快又好了，像一隻暴躁又好哄的大貓咪。

也是個性格很明朗的人。

沒想到咬起人來這麼凶。

終於有人回過神去找體育老師，沿著場館邊緣往外跑，江起淮掃了一眼後嘆了口氣，還是放下水瓶站了起來。

他走到陶枝旁邊跟著蹲下：「我不想多管閒事，」他聲音低淡，絲毫沒有被這幾乎凝固的氣氛影響到，「但老師快來了。」

陶枝瞬間被點醒，她手指一蜷，「啊」了一聲，終於露出了一副有點苦惱的樣子。

她看了被她揙哭在地上的女生一眼，又扭過頭看向江起淮，皺起眉，似乎是剛剛才回過神的樣子，後知後覺地說：「怎麼辦，我打人了。」

妳還知道妳打人了啊！

我以為妳要在這裡把她打死啊！

厲雙江站在旁邊，在心裡默默地咆哮。

陶枝又拎著女生的衣領把她拽了起來，揉了揉她紅腫的臉，並伸手順了順她凌亂的長髮，最後整理一下她亂翹的衣領。

她像擺弄洋娃娃似的折騰了半天，然後問江起淮：「看得出來剛被揍過嗎？」

厲雙江：「……」

江起淮：「……」

江起淮也看著她，真心實意地提問：「妳有沒有測過智商？去醫院那種正規的地方。」

陶枝現在沒有心思跟他爭口舌之快，等上來的火氣消下去，理智一併回籠以後，她陷入了全新的煩惱之中。

她又要被陶修平罵了。

陶修平會不會覺得，一個孩子他都管不了，兩個可能會更讓人上火，然後就不讓季繁回來了。

陶枝長長地嘆了口氣，突然認真地叫了他的名字：「完了，江起淮。」

她第一次如此鄭重地叫了他的全名，江起淮：「？」

「我弟弟沒了。」陶枝說，「全他媽完了。」

江起淮：「……？」

第五章　正義使者無處不在

江起淮不曉得她為何會突然沒了弟弟，他只知道她自己應該是要完蛋了。

體育老師跟王褶子來的時候，陶枝剛把付惜靈從女廁帶出來，籃球館人很多，她沒從籃球館那邊走，而是特地從網球場的後門繞出來的。

厲雙江跟她一起過去，不過只在後門那邊等著，看見身上披著外套幾乎被陶枝半抱著出來的付惜靈，厲雙江瞬間就明白了是怎麼回事。

「我操他媽。」他忍不住罵了句髒話。

王褶子也皺著眉，一巴掌拍在他的腦袋上：「說什麼話呢！先帶她去保健室看看。」

厲雙江應了一聲，小心翼翼又有些手足無措地扶著付惜靈往保健室走，王褶子又回頭看向站在旁邊的陶枝。

女孩低垂著腦袋老實地站在那裡，看起來還挺乖巧的。

王褶子氣笑了：「妳跟我回辦公室。」

現在是上課的時間，辦公室裡沒人，陶枝跟在王褶子身後進門，輕手輕腳地關上門走過去。

王褶子沒說話。

陶枝背著手站著等他罵，一語不發。

王褶子拍了拍桌子：「怎麼回事，說說吧。」

陶枝猶豫了一下，不知道該怎麼開口，過了老半天才憋出一句：「我打人了。」

王褶子挺平靜的：「妳為什麼打人？」

「我看她不爽，」陶枝撇了撇嘴，「想打就打了。」

「是因為上次那件事吧。」王褶子說。

陶枝抬起頭來。

上次宋江和非主流打架，付惜靈被叫去辦公室哭了一通，後來也不知道是因為覺得面子上難堪還是被宋江揍得不輕，從那天之後，非主流都沒有來上課。

宋江這個人從開學第一天就惹是生非，家裡也挺有錢的，沒有人敢惹他，但付惜靈不一樣。

平時就是個乖乖牌，不熟的時候連話都不怎麼說，總是一個人，安安靜靜的沒什麼朋友，是個很好欺負的對象。

再加上剛才在女廁時說的話，她大概是非主流的前女友吧。

「妳是不是覺得自己挺委屈的，」王褶子看著她說，「有什麼事就找老師，我沒跟妳說過嗎？」

「說過。」陶枝老實道。

「那妳怎麼就不知道要來找我呢？」王褶子破天荒的沒發火，繼續道，「我的班有學生被欺負了，妳覺得我會坐視不管，不幫她出頭嗎？」

陶枝舔了舔嘴唇：「當時有點失去理智，就沒有忍住。」

王褶子點點頭：「妳是衝動沒錯，但因為妳沒有忍住，本來我們還有理去解決這件事，現在全被妳毀了，還特地把人家拉去球場裡揍是吧？生怕別人不知道是妳幹的是吧？妳挺威風的啊，讓妳爽完了吧？」

陶枝想了想：「……還行。」

王褶子拍了桌子，沒憋住怒火：「還行個屁！」

陶枝縮了縮脖子。

王褶子被她氣得眼前發黑，腦袋也開始痛了起來：「好了，妳先回去吧，我想一下該怎麼處理這件事。」

陶枝抬起眼來看著他：「老師，我想去看看付惜靈。」

王褶子揉著腦袋朝她擺擺手：「去吧。」

陶枝離開辦公室後隨手關上了門，腦子裡還想著季繁的事。

不知道陶修平會不會因為這件事生氣。

她平時早已習慣被處罰，不在意後果如何，但是想到這點，還是不太高興。

雖然季繁這個人煩得不行嘴又賤，兩個人從小打到大，但對於他要回家的這件事，就算嘴上不說，心裡其實還是有那麼一點開心的。

陶枝站了好一陣子後終於抬起頭來。

走廊對面，江起淮背靠牆站在那裡看著她。

女孩站在辦公室門口，唇角無精打采地垂著，不知道在想什麼，沒了往日的那股衝勁。

如果她有尖耳朵和尾巴，這時應該也是垂下來的，江起淮突然沒頭沒尾地想。

陶枝看著他眨了下眼：「你在這裡幹什麼呢？」

「偷聽。」江起淮說。

陶枝想起自己之前偷聽被他發現的事，忍不住翻了個白眼。

這個人怎麼這麼小心眼。

她沒再接話，轉身往保健室走去。

「去哪裡？」

「我去看看付惜靈。」陶枝悶悶地說。

江起淮沒說話，直起身來跟她一起往前走。

路過的教室裡隱約傳來上課的聲音，兩人沉默地並排下樓，沒人說話。

保健室在高二教學大樓和室外籃球場之間，是獨立的一棟小房子，他們走過去的時候，看見厲雙江蹲在門口的臺階上。

陶枝走過去：「付惜靈呢？」

「裡面，因為是女生，我不方便進去，」厲雙江指指身後，「而且我現在也有點火大，正好吹吹風。」

保健室有幾個房間，平時只有一個校醫老師值班，陶枝推開門，裡面空無一人。

隔壁檢查室的門關著，付惜靈和校醫老師應該都在裡面。

陶枝一把拉開簾子，托著腦袋坐在床上等。

這張床在最外面，靠著門邊，江起淮見門沒關也跟著走進來。

他是第一次走進實驗一中的保健室，掃了一眼，看見床邊的醫療推車。

他走過去，背對著她低垂下頭，不知道在搗鼓些什麼，玻璃瓶子碰撞的聲音微弱又清晰，像風鈴細膩的迴盪。

「你在幹什麼？」陶枝好奇地問。

江起淮沒有回答，轉過身來，將手裡那幾根被優碘浸透的醫用棉花棒朝陶枝遞過來。

陶枝仰著腦袋，茫然地看著他：「幹嘛？」

「手。」江起淮言簡意賅地說。

陶枝下意識伸出手來，才看見手臂上有著好幾道被抓出來的血痕。

白膩的皮膚上布滿深紅的抓痕，看起來觸目驚心。有的很深，當時應該是流了血，現在血跡凝固成薄薄一層。

陶枝愣了愣。

是之前那個女生抓的。

她當時氣得理智全無，顧不上痛，後來跑來跑去也就忘了。

大家的注意力都在別的事情上，也沒人注意到這點小傷口，就連她自己都沒注意。

陶枝傻愣愣地還沒反應過來，也沒接過。

她發呆的時間有點久，江起淮就這麼舉著棉花棒站在她面前等了一陣子。

老半天。

「怎麼，」江起淮低垂著眼淡淡地看著她，視線落在她手上，語氣裡帶上了一絲不耐，「還要我幫妳擦？」

陶枝努力地想像了一下，江起淮用手裡的醫用棉花棒來幫人消毒傷口的樣子，覺得實在是有點不真實。

這麼離譜的畫面光用想像的都讓人覺得恐怖。

江起淮就是那種，如果他說要主動幫你，那你就要提防他是不是在藥水裡摻了毒的人。

陶枝回過神來，狐疑地看著他。

江起淮眉心一跳：「妳這是什麼眼神？」

陶枝猶豫了一下，還是半信半疑地接過醫用棉花棒。

「殿下，」陶枝垂頭看著手裡的棉花棒叫了他一聲，沉聲道，「這個藥擦下去，我會死嗎？」

江起淮對於她時不時蹦出來的奇怪稱呼視若無睹：「想太多了，禍害遺千年。」

「這個深色的藥水是什麼？」陶枝換了個戰略來套他的話。

「優碘。」

套不出來。陶枝把棉花棒高舉著，對著陽光審視，又抛出了直球：「你沾了醬油嗎？」

江起淮感覺自己本來就為數不多的耐心正在燃燒。

他面無表情：「妳演上癮了？」

陶枝撇了撇嘴：「你好沒幽默感。」

浸了優碘的棉花棒濕濕涼涼的，刮蹭到傷口，後知後覺地感受到尖銳的刺痛。

她皺了皺眉，在第一次的清理結束之後，將染了血的棉花棒丟到旁邊的垃圾桶裡。

江起淮轉過身去抽了幾根新的，動作熟練地打開優碘的玻璃蓋子，浸透，然後回身遞給她。

陶枝抬眼。

「看什麼？」

「我在想，我早上起床的時候應該看看的，」陶枝一本正經地說，「今天的太陽是從哪邊出來的。」

耐心耗盡。

江起淮轉身就走。

他離開保健室，還順便把門關上了。

陶枝挑了挑眉。

脾氣上來了？

付惜靈沒受什麼皮外傷，但整個人的精神狀態很差，被留在保健室裡沒有離開，王褶子直接通知了她的家長。

陶枝陪她待一陣子，回到教室的時候第二節課才剛結束。

看到她回來，厲雙江連忙轉過身：「枝哥，付惜靈怎麼樣了？」

「沒什麼事，等家長來接了，」陶枝被他這一聲叫得滿臉茫然，「枝哥？」

「從今天起，妳就是我大哥，」厲雙江雙手合十，朝她恭恭敬敬地拜了兩拜，「想不到您讀書不怎麼樣，成績爆爛，卻有如此一顆俠肝義膽之心。今日近距離一睹我大哥英姿，厲某佩服得五體投地。」

「……」

陶枝一時之間也分不清這句話到底是在誇她還是在罵她。

厲雙江繼續說：「您放心，以後有什麼事儘管吩咐，上刀山、下火海，只要您一聲令下，小的就幫您辦得妥妥帖帖，絕無不從。」

在厲雙江旁邊的同學翻了個白眼。

陶枝順勢接受他這一番中二發言，她踩著桌槓往後一靠，點了點頭：「確實有事情想交代你。」

厲雙江：「大哥您說。」

陶枝抬手把自己桌子上的數學試卷往前推了推，瀟灑道：「先講解一下題目給你大哥聽。」

厲雙江：「……」

厲雙江這個人雖然平時看起來不怎麼可靠，但數學成績還不錯，和數學相比，英文和國文是全班倒數，偏科嚴重。

他講題目的方法跟江起淮那種「把過程寫給妳自己看」不同，屬於激情澎湃型。

陶枝在剛上國中的時候成績還是不錯的，基礎不算特別差，不至於到聽不懂的程度，她用兩節課的時間才搞懂五題數學，暫時放過了她新收來的小弟。

而當時籃球館裡的其他人，用這兩節課的時間讓全校都知道，高二的那個問題學生跟高三的打了一架。

與其說是打了一架，不如說是是單方面的屠殺。

這個年紀的小孩，很常會一時失去理智，偶爾也會發生打架之類的事情，但就算是平時再怎麼混的，都知道叫人放學別走或者約去校外打。陶枝偏偏不要，她在上課時間特地把人拽到最顯眼的地方，當眾揍了一頓。

她闖個禍得昭告天下。

教務處，高二年級主任和高三年級主任對視了一眼，然後齊齊嘆了口氣。

沒見過這麼無法無天的。

王褶子跟付惜靈和她家長聊了一下午，在徵得同意以後把事情的經過跟校方說了：「我們班這個陶枝其實人不壞，平時跟同學相處得也挺好的，她在這件事上的出發點本來是好的，就是用錯了方法。」

「原因是什麼不重要，她的行為已經造成了負面影響，」年級主任說，「連絡上她的家長了嗎？」

王褶子揉著脹痛的腦袋：「打過電話了，她爸爸現在人在外地，回不來。」

年級主任哼了一聲：「就是因為這種不負責任的家長太多了，孩子也沒人管教，所以才會這麼囂張。」

王褶子皺了皺眉：「她的家長也不是不講道理的人。」

另一個老師突然問道：「陶枝的家長是不是捐款幫助學校蓋新圖書館的那個？陶修平吧。」

年級主任意味不明地笑道：「怪不得這麼無法無天。」

那老師也笑道：「他跟我同一屆啊，當年也是實驗一中畢業的，學校榮譽室裡應該還有他的照片，是我們那屆升學考的理科榜首。」

年級主任被噎了一下，沒說話。

「我等一下親自打電話給她家長吧，看看這件事要怎麼處理，能不鬧大最好，明年的高三要準備升學考了，現在正是高二衝刺的階段，無論如何都不能讓學生的成績受到影響，」王副校長坐在辦公桌前，忽然轉頭看向王褶子，「你們班是不是又有個新學生要來？也是附中轉來的吧，那孩子怎麼樣？」

王褶子表情僵了僵，又開始頭痛了：「副校長，您可以打電話的時候直接問問。」

王副校長：「？」

王褶子：「那孩子的家長也是陶修平，是陶枝的弟弟，他們是龍鳳胎。」

王副校長：「……」

陶枝不知道王褶子到底是怎麼周旋的，她這次竟然沒有被記過也沒有停課，只叫她寫一份悔過書。

她上次和宋江因為打人，一人停了一個禮拜的課，這次竟然沒有這個環節，陶枝還覺得挺失望的。

又少玩了一個禮拜，還得天天上學。

陶枝戰戰兢兢地等了幾天，也沒等到陶修平打電話給她，最後還是忍不住，心虛地傳了訊息給陶修平。

一直到了晚餐時間，陶修平才終於打了電話給她。

陶枝當時正抱著筆電看電影，手機響起，她懶洋洋地掃了一眼，看見電話上的名字後頓時一僵。

她盤腿坐在小沙發上，先將電影按了暫停後接起電話。

「爸爸。」陶枝老實地叫了他一聲，諂媚道，「您最近好嗎？工作還順利嗎？身體怎麼樣？」

陶修平：『聽說妳又和高三的打了一架？』

「……」

『還是一對三？』陶修平繼續道。

「……」

『還把人家的腦袋壓進馬桶裡了？』

陶枝覺得有必要為自己解釋一下：「我沒壓她，是她自己沒站穩栽進去的。」

『妳還挺有理的，』陶修平幽幽地嘆了口氣，『想當年，妳爸我也是實驗一中一霸，方圓十個班裡都沒有人敢惹我，沒想到我女兒還真的繼承了我的衣缽。』

陶枝頓時就來勁了：「您也把別人腦袋壓進馬桶裡了？」

『不是，』陶修平自豪道，『因為我成績好。』

陶枝朝著天花板偷偷地翻了個白眼，嘴上老老實實地「喔」了一聲。

『下次再遇到這種事，在衝動之前先動動腦，這種傷敵一千自損八百的辦法對妳有什麼好處？妳當下是爽了，事後呢？妳說，受罰的是不是妳自己？無論未來去到哪種地方，類似的事情可多著呢。妳現在仗著自己年紀小，還在學校可以這麼做，以後呢？妳都打算揍人家一頓啊？』

陶枝摳著沙發墊子上的絨毛，沒出聲。

見她不說話，陶修平耐心地說：『妳現在好好想一想，除了揍她一頓以外，有沒有什麼能讓自己不吃虧，又可以懲罰到霸凌者的辦法？』

他的說教讓陶枝的叛逆情緒有點上來，也懶得仔細思考，倔強道：「有，把她的腦袋套上後揍她一頓。」

陶修平：『……』

陶枝掛斷了電話後仰頭躺在沙發上，盯著白花花的天花板沒動。

她發呆了好一陣子，然後下樓去吃飯。

晚飯依然是準備好放在桌上的，張阿姨不在，大概是去忙其他事情了，一樓安安靜靜的，只有她一個人。

陶枝穿過客廳走到餐桌前，拉開椅子坐下。

米飯也已經盛好了，她捏起筷子戳了戳後抬起頭來。

偌大的客廳通亮，深灰色的大理石地面倒映出水晶吊燈，冰冷又璀璨。

她把筷子放下，竹製的筷子輕輕地擱在大理石桌面上，發出很細微的聲響，陶枝卻覺得那聲音大得刺耳，在空曠的空間裡安靜地迴盪，然後消散。

就像一塊巨石，「噗通」一聲砸進了無垠的深海，發出震耳欲聾的聲響，然後被吞沒，下墜得越來越深，直到消失殆盡。

陶枝垂下頭將視線落在手臂上，幾天過去了，那些抓痕已經結成了薄薄的一層痂，也感覺不到痛了，但她還是覺得手臂忽然疼了一下。

陶枝把長袖往下拉，將傷疤遮住，然後揉了揉眼睛。

她突然覺得有些委屈。

她覺得自己沒有做錯，如果事情再重來一次，她大概還是會這麼幹。而陶修平並沒有說她錯了，也沒有責怪她。

他明明只是在平靜地陳述事實，認為她用這樣的方法解決問題太過衝動，並不是最好的選擇。

但她就是突然有些矯情地難過，這種悲傷在獨自坐在餐桌前吃飯時達到了頂峰。

她的爸爸，這個從小到大，一年也見不上幾面的爸爸，在知道她跟別人打架了以後，沒有問她有沒有受傷，沒有問她有沒有被老師罵，沒有問她覺不覺得委屈。

只是非常平靜地告訴她，她應該還可以有更理智的做法。

陶枝從來沒有懷疑過陶修平對她的愛，他像是每一個愛著自己孩子的父母一樣愛她，即使後來她沒有了媽媽，也沒有弟弟了，但她還有個很愛她的爸爸。

即便他因為工作很忙而沒有時間陪她，也不會像其它同學的父母一樣接送她上下學，幫她做好吃的飯菜，陪她讀書寫作業，聽她講學校裡發生的趣事。

但她都可以讓自己習慣這些。

可以學著去習慣獨自成長。

只是在媽媽帶著季繁離開的這幾年裡，偶爾，在非常、非常偶爾的瞬間，當她回到家面對著空蕩蕩的房子時，在她一個人吃飯時。

她覺得在「長大」這條路上，走得有些孤獨。

週一清晨，校園裡一片空寂，偶爾有幾個來得早的同學會站在福利社門口等人，住校生在吃過早餐後，不緊不慢地往教學大樓走。

陶枝拎著一瓶水坐在校門口，腦袋歪歪斜斜地撐著，懶洋洋地打了哈欠，掏出手機看了一眼時間。

還有三十秒。

二十秒。

陶枝側過頭去，往校門口的方向一看。

宋江像被上了馬達似的，一陣狂奔衝進了校門，過鐵門的時候奮力一躍，姿勢宛如百米衝刺的賽跑選手：「他媽的，嚇死老子了！」

周圍一起進校門的同學嚇了一跳，直直地往後退了兩步。

陶枝面無表情地看著他：「你遲到了。」

「我他媽睡過頭了，」宋江喘著粗氣，辯解道，「而且我也沒遲到，我準時到的。」

這個祖宗最討厭的事情之一，等人。

但是非常離譜，她喜歡讓別人等她。

「好吧，」陶枝勉強接受了，把放在旁邊的早餐袋丟給他，「找我有什麼事？」

「沒事啊，只是這兩天叫妳出來玩妳也不去，慰問妳一下，」宋江接過後扯開，咬了一口包子，含糊道：「妳今天是不是要念悔過書？」

「嗯。」

「寫了嗎？」

陶枝從口袋裡摸出一塊牛奶糖，剝開塞進嘴巴裡：「沒寫。」

宋江咀嚼的動作一頓：「？」

陶枝也跟著停下腳步：「？」

「不是，大哥，」宋江咽下一口包子，「妳現在連悔過書都不寫了啊？」

陶枝嘆了口氣：「及時雨同學。」

宋江警惕地看著她：「妳又要幹嘛？」

「你說，我們這幾年下來，寫過多少次悔過書了？」

宋江想了想，然後嚴謹地說：「沒有十次也有八次吧？」

「是吧，」陶枝無精打采地說，「都寫了這麼多次悔過書，脫稿的時候還不知道說什麼的話，豈不是弱智嗎？翻來覆去也就因為這麼件事，換湯不換藥地背都背下來了。」

上個禮拜才因為打架而老實寫了悔過書，並且坎坷地照著念完了的宋江：「……」

兩個人邊說邊走進教學大樓，陶枝的班級在樓上，她習慣性從後門進去，一推門就看見了江起淮的背影。

陶枝有些意外，公主殿下今天還挺早到的，沒卡在早自習的鐘聲進來。

班級裡吃早餐的吃早餐，聊天的聊天，補作業的補作業，江起淮完全不受影響，正垂頭寫著試卷。

他在寫題目的時候一向是這種狀態，整個人都進入了一種「你們這群廢物不要靠近我」的氣勢，連班裡最活躍的厲雙江都不敢找他多說一個字。

陶枝咬了咬嘴巴裡的糖塊，悄悄地走過去站在他身後，略微俯身，無聲無息地將腦袋伸過去看他桌上的試卷。

江起淮幾乎是在瞬間就感覺到有人從後頭靠近。

他倏地轉過頭來。

陶枝來不及反應，頭還懸在他的肩膀上方，下意識地轉過眼，對上那雙淺褐色的眸子時愣了愣。

那雙透澈的眼睛不同於平時漠不關心的冷淡，他看著她，眼神鋒利冷銳，滿是警惕，帶著幾近撲面而來的冰冷煞氣。

陶枝想躲開，但不知道為什麼在那個當下，她整個人就像被定住似地僵在原地。

鼻尖只隔了幾釐米，睫毛的弧度近在眼前，甚至能感覺到對方溫熱的吐息。

以及她身上的各種香氛所混合在一起的甜味。

兩個人就這麼對視了幾秒，陶枝忽然開口：「我要鬥雞眼了。」

甜味混著一點奶香在江起淮的鼻尖瀰漫開來。

「那妳能不能讓開？」他面無表情地說。

他上一刻那種殺氣騰騰的緊繃感消失得一乾二淨，又是一副「你誰」、「關我屁事」、「離我遠一點」的討厭模樣。

陶枝沒動，看著他歪了歪腦袋，悠悠地說：「沒想到殿下的皮膚還挺好的，怎麼保養的啊？」

江起淮眼皮子一跳。

要發脾氣了！發脾氣了！發脾氣了！

陶枝見好就收，心情愉悅地直起身來蹦跳了兩下，這幾天下來所壓抑著的煩躁情緒都在這一刻得到了治癒。

「沒寫作業啊？」她指了指他桌上的物理試卷：「這個不是週五發的作業嗎？」

附中學神aka一班典範aka教科書級別的試卷摧殘者——江起淮，居然沒有寫作業。

陶枝覺得這件事的新奇程度能跟宋江考年級第一一較高下。

江起淮沒說話，轉過頭去繼續寫。

陶枝也沒追問，她回到座位上，放下書包拉開拉鍊。翻了半天，從書包裡翻出那張物理試卷，又從抽屜裡摸出了一支筆。

「喀噠喀噠」兩下，她按出中性筆筆尖，轉過身去騎在椅子上，把自己的試卷放在江起淮桌上，就這麼對著抄了起來。

非常自然。

江起淮這張試卷寫完了一半，她從最前面的選擇題開始抄。

女孩趴在他的桌子上，手上的動作俐落，眼睛掃上去字母就跟著勾出來，抄得十分嫺熟。

江起淮頓了頓，挑眉：「妳還敢抄我的試卷？」

「怎麼？你不會為了迫害我，連自己的試卷都故意寫錯吧。」陶枝頭也沒抬，開始抄起了填空題，她照著之前陶修平跟她說過的話有樣學樣：「這種傷敵一千自損八百的辦法，對你有什麼好處啊？」

江起淮已經開始寫問答題了，陶枝抄完了填空跟選擇後撐著腦袋按筆，在旁邊等他寫完。

他寫題目的速度非常快，眼睛掃過一眼，畫出幾個重點後就開始動筆，像是根本不需要思考。陶枝看著就有樣學樣，他在哪裡畫線，她也跟著拿筆在下面畫了兩道，複製貼上得非常澈底。

兩人就這麼一前一後地把兩題問答題寫完，厲雙江咬著包子哼著歌蹦跳進來了。

即使江起淮的速度已經堪稱恐怖模式了，不過說到底，寫題終究比抄題慢，陶枝不耐煩地等著他的答案，看見厲雙江後眼睛一亮：「小弟！」

「老大！」厲雙江也非常配合，「怎麼了？」

「物理試卷寫了沒？」陶枝問。

「寫了啊，等等，我找給妳，」厲雙江一邊拉開書包拉鍊翻一邊說，「妳直接抄淮哥的不就好了？」

「他寫得好慢。」陶枝隨口說。

厲雙江站在走道，把試卷抽出來遞給她，陶枝拍了拍他的肩膀：「好兄弟。」

「為老大肝腦塗地。」厲雙江也鄭重道。

陶枝接過試卷，腦袋剛轉過來，就看見江起淮抬頭看著她。

陶枝被他盯得有點發毛，抖了抖手裡的試卷：「怎麼了？」

江起淮不說話。

陶枝歪了歪腦袋，滿臉疑問。

江起淮重新低下頭，繼續寫作業：「隨便妳。」

陶枝眨了眨眼，後知後覺地發現剛才的公主殿下癱著的臉上，好像存在著一點微乎其微的情緒。

——妳為什麼不抄我的？

這是什麼意思？

還嫌我說他寫得慢？

不抄他的他還不高興了？

這就是學霸令人匪夷所思的自尊心和倔強嗎？

陶枝有點想笑，她把厲雙江的試卷壓在下面，重新撐起腦袋等著江起淮。

「要抄就轉過去抄，」江起淮突然說，「別占用我的桌子。」

陶枝懶洋洋地往下一趴：「我這不是在等你寫完嗎？」

「我寫得很慢。」江起淮淡聲說。

陶枝翻了個白眼，有點無言：「我只是抄得快隨口說了，你這個人怎麼這麼小氣。」

她不說還好，一說完，江起淮捏起一旁的書本，「啪嘰」一下把他剛寫完的那題問答題蓋住了。

陶枝：「……」

「我這個人，」江起淮畫著下一題的題幹，語氣不鹹不淡地說，「唯一的優點就是小氣。」

這句怎麼這麼耳熟？

早自習進行到一半，升旗典禮的準備鐘聲響起，班裡的人紛紛停下筆來，穿好制服外套後往外走。

陶枝要去升旗臺上念悔過書，她對這步驟已輕車熟路到毫無感覺了，從一班的隊伍裡出來後便懶懶散散地上去了。

教務主任站在她旁邊，看著她毫不在意的樣子後，一臉不滿地清了清嗓子。

陶枝趕緊端正了態度，挺直腰桿後走到了立麥前。

教務主任這才下臺。

操場上烏壓壓地站滿了人，不時有學生在下面交頭接耳，陶枝環視一圈後神情肅穆：

「各位老師、同學，大家好，我是二年一班的副班長。」

「我在上週的體育課期間，無意中看到有高三某班的學姐犯下了欺負弱小的惡行，忍不住地揍了她一頓，讓她的心靈和肉體都造成了不小的傷害，」陶枝淡淡道，「為了給她留一點面子，我就不點名了。」

王褶子腦門上的青筋一跳，教務主任臉都綠了，頓時不知道該不該上去打斷她。

「但是我的行為無疑是不對的，面對這種校園霸凌事件，我做出了錯誤的示範，所以我在此檢討——」

「我不該使用暴力來解決暴力，但同時，」陶枝頓了兩秒，「我也希望大家以後能以此為戒，同樣的事情不要再犯，要明白廁所並不是法外之地，正義使者無處不在。」

鴉雀無聲。

江起淮無聲地勾了勾唇角，他旁邊的厲雙江沒憋住，「噗哧」一下笑了出來。

最後，陶枝還恭恭敬敬地鞠了躬：「以上，謝謝大家。」

陶枝在鞠完躬後又想起了什麼，抓著麥克風站起來，吊兒郎當又補了一句：「對了，附註一下，我如果再碰見這種事，可能還是會忍不住。」陶枝伸出食指和中指，分開屈起，往前指了指，「老子正看著你呢。」

少女的聲音透過音響傳遍了整個操場，中二又囂張，寂靜和笑聲以後，所有人都歡呼了起來。

教務主任綠著臉走上臺，王褶子以顫抖的手手指著她：「陶枝——妳馬上給我下來！」

陶枝偷偷摸摸地繞過教導主任從後面下來，又特地繞過王褶子從另一邊乖乖站回了隊伍的最後一排。

厲雙江還在笑，站在後面邊笑邊捂著肚子：「不行了，副班長，妳怎麼這麼屌啊？讓妳檢討自己，怎麼還教育起別人了？」

「當然要修剪一下長歪的樹枝啊，你說是不是？」陶枝大放厥詞，揪著江起淮的袖子並藏在他後面，戰戰兢兢地探出腦袋往外看一看，「老王沒衝過來打我吧？」

「沒有，」厲雙江抹了抹笑出來的眼淚，「說的對！我們的副班長真是個正義之士。」

陶枝縮著脖子觀察著王褶子和教務主任的動向，一邊像小雞啄米似地點頭：「沒錯，我就是實驗一中的守護者，正義之光。」

江起淮垂頭，看了被她抓皺的袖子一眼：「再抓的話就要掉了。」

陶枝「啊」了一聲，鬆開了手。

江起淮整理了一下往旁邊斜著的領口。

他肩背的輪廓裹在寬大的外套中看起來有些單薄清瘦，但骨架很寬，撐起制服的背影十分好看。

陶枝往前湊了一點，低聲說：「殿下，我剛剛在上面看見你笑了。」

江起淮沉默了一下，淡淡道：「沒有。」

「我看到了。」

「妳看錯了。」

陶枝點點頭，也不打算跟他爭：「你沒笑，我看見狗笑了。」

第六章　想當皇后？

不出所料，陶枝結束這一番振聾發聵的自我檢討後，又被王褶子叫到辦公室去罵了一頓。回來的時候她還挺快樂的，直到發現這節是數學課。

自從上次那個小考以後，王二就跟盯上她似的，一連有好幾天朝著她一陣窮追猛打，平均一節課會把她叫起來三次。

陶枝從沒見過這樣的老師，大多數的老師在看到她這副德行後，基本上都是採放任態度，睜一隻眼閉一隻眼懶得管她了，這王氏雙煞果真名不虛傳。

王二一進教室，就在數學小老師桌上砸下了兩疊試卷：「來，別廢話，開始上課了，都第三週了啊，下週過完又要月考了，怎麼個個都不知道準備呢？趙明啟，你看看你這試卷寫的，對的跟錯的一樣多，你很講究平衡啊？只要把你打球的時間分一點在讀書上，對的都能比錯的多一題。」

厲雙江在旁邊憋笑。

「厲雙江，」王二又掃了他一眼，「你還好意思笑？最後那幾題問答題，你是拿腳寫的吧？到底在算什麼啊，連第一小題都沒寫對。」

厲雙江瞬間就閉嘴了。

王二又點出來幾個罵了一頓，扭頭：「班長。」

他低頭翻開試卷，「週末的這份題目沒做到你平時的水準啊，狀態不好嗎？」

江起淮沒說話。

陶枝有些意外地回過頭去，江起淮還是頭一次被點名。

「寫題目的時候別著急，慢慢來，」王二繼續說，「還有前面那個，妳也別看妳同事了，抄也抄的用心一點，答案都抄錯了，我也不給妳太大的壓力，妳總得在月考給我考個及格吧？」

陶枝估算了一下上學期的期末分數和及格分數之間的距離，覺得難度有點大。

她實在地說：「老師，我上學期期末考了二十分。」

王二沉默了一下，嘆了口氣擺擺手：「好吧，那妳這次給我考個四十分。」

陶枝覺得王二想太多了。

整整四十分！那可不是說考就能考的！

她揉了揉鼻子，付惜靈坐在旁邊偷偷看著她，抿了抿唇沒說話，不過陶枝並沒有注意到。講臺上的王二將人來來回回訓斥了一遍後，才開始講解試卷。

陶枝拿起筆來，開始在試卷的空白處畫小人。

到了下課時，她的試卷上多了一排多啦A夢，最後一個還沒畫完，陶枝正拿著藍色中性筆幫他的腦袋上色。

一張小紙條被了推過來，小心翼翼地推到她手邊。

陶枝停下筆看了一眼，女孩的字跡清秀，工整地寫了一排——『我數學不太好，但是可以講解基礎題給妳聽，也可以教妳別的科目。』

陶枝轉過頭去，付惜靈低垂著腦袋沒看她，娃娃頭嚴實地遮住了她的側臉。

「妳怎麼不說話？都已經下課了啊。」陶枝好奇地看著她。

付惜靈轉過頭來，手足無措地看著她，然後眼睛紅了。

「我……不好意思跟妳說話了，」她聲音很小，帶著一些哽咽，「對不起，我連累妳了。」

陶枝擺了擺手：「如果是指被罰念悔過書的這件事，那我今早玩得還挺爽的，不過老王沒讓我停課回家，我還有點失落，這樣就少玩一個禮拜了。」

「可是妳被王老師罵了，還被找了家長來學校，」付惜靈眼眶濕濕的，看起來越說越難過，「妳還受傷了。」

厲雙江正在發試卷，聽見聲音轉過身來：「誰受傷了？」

他看見付惜靈在哭，愣了愣：「哎，這是怎麼了？」

「沒事，付老師說要幫我補習，讓我數學能考到四十分，」陶枝揚了揚手裡的紙條，「然後她被自己的善良感動了。」

付惜靈被她說的又想哭又想笑。

「我也可以教妳啊，」厲雙江向來對於幫助同學這種事很來勁，他撅著屁股湊過來，「付惜靈的英文不是很好嗎，我可以教妳數學，同步學習，這不是分分鐘就搞定了嗎？我等等跟照明器說一聲，放學就不去打球了。」

陶枝眼前一黑，有點想拒絕。

「來，我們創個興趣學習的群組，正好，付老師也教教我英文吧？我的英文分數天天在及格邊緣垂死掙扎，」厲雙江興致勃勃地他掏出手機點開班級群組，把付惜靈和陶枝都拉進去了，副班長的帳號在群裡的最前端，陶枝的旁邊就是江起淮。

厲雙江轉過頭去：「淮哥來不來？」

江起淮正在喝水：「什麼？」

「學習小組啊。」厲雙江說，「您會變成我們強大的戰鬥力，王牌主攻手。」

江起淮把水瓶塞進抽屜裡，興趣缺缺：「不去。」

厲雙江搗鼓著手機：「好吧。」

陶枝就看著他一邊說著，一邊把江起淮也加了進去。

而另一位沒看手機，根本不知道。

陶枝突然有點欣賞厲雙江這過人的膽識。

厲雙江原本的計畫得挺好的，他在晚自習前半個小時教陶枝和付惜靈數學，後半個小時就由付惜靈來講解英文文法給他們聽。

結果晚自習的上課鐘聲一響，王二就像一個陰魂不散的背後靈一樣，拎著試卷再次飄進來了。

他跟王褶子來了一場長達五分鐘的晚自習爭奪戰，最終一人贏了半場，占滿了整節晚自習。

厲雙江飛速在群組裡打字：『出大事了兄弟們！晚自習沒了，只能改天了。』

陶枝是個隨時都在玩手機的人，第一時之間看到這則訊息，一時之間鬆了口氣。

枝枝葡萄：『那改天吧！真遺憾！』

厲雙江有些意外，他沒想到陶枝有一天會因為不能讀書感到遺憾，這是多麼難得的瞬間。

厲雙江覺得不能打消她這份積極。

有些時候愛上讀書，就只需要這麼幾個瞬間。

厲雙江飛快地改口：『要不然去我家？我等等跟照明器說一聲，晚上就不去打球了。妳們晚上有要上補習班嗎？』

陶枝：「……」

枝枝葡萄：『？』

付惜靈也有些遲疑，她其實挺想跟陶枝有一點校外的接觸的，她想報答她，也想跟她的關係慢慢變好。

她想跟她當朋友。

但是去男同學家裡的這種事，她還不是很習慣。

陶枝側頭看了她一眼，嘆了口氣。

枝枝葡萄：『去我家吧，我爸出差了，所以家裡沒人，順便一起吃晚餐。』

厲雙江頓時一躍而起，轉過身來興奮道：「什麼！去大哥的豪宅嗎！」

班裡一片寂靜，所有人都轉過頭來。

陶枝和付惜靈面無表情地看著他。

王褶子的課才上到一半就被打斷，手裡的粉筆頭「啪嚓」一掰，熟練地對著他的後腦勺丟過去：「厲雙江，不想聽課的話就出去罰站，別打擾其他同學。」

厲雙江捂著後腦勺坐下了。

晚自習下課，陶枝帶著她的兩個小跟班上了車。

付惜靈有些拘謹地上了車子的後座，聽見陶枝坐在前面叫了一聲顧叔叔。

司機笑著應了一聲，看了後照鏡一眼：「枝枝在新班級裡交到朋友了？」

「嗯，」陶枝應了一聲，「我們要一起讀書。」

「要做什麼？」顧叔叔以為自己聽錯了。

「讀書啊。」陶枝一臉嚴肅地重複了一遍，對他的反應有些不滿。

「好，」顧叔叔忍著笑點了點頭，考慮今天晚上就跟陶修平報告此事，「讀書好啊，好好學習。」

陶枝的家離學校不遠，不塞車的話大概十幾分鐘的車程，到家後，陶枝推開院門帶著他們往裡面走，厲雙江在後面一蹦一跳的：「大別墅！是大別墅！」

付惜靈有點嫌棄他：「你小聲一點。」

厲雙江沒聽見，他腳步一頓，指著院子的另一頭，掏出手機想拍照：「溜滑梯！是溜滑梯啊！」

付惜靈沒有理他，跟在陶枝後面往前走。

陶枝解開了指紋鎖，率先走進去後，往旁邊讓了讓：「進來吧，我家只有我一個，你們隨意。」

她才剛說完，客廳裡就傳來一聲——

「妳怎麼這麼慢？」

陶枝：「……」

季繁窩在沙發裡翹著二郎腿，手上還抱著平板打遊戲，聽到開門聲後伸著腦袋往門口看，聲音拖拖拉拉地：「我等了妳一下午了，餓都餓死了。」

陶枝愣了愣，眨了一下眼睛：「你還挺快的，手續都弄完了嗎？」

「沒，還差一點，」季繁把平板丟在沙發上，伸了個懶腰後起身走過來，揉了揉陶枝的頭髮，樂呵呵地說，「這不是想妳了嗎？所以坐最早的高鐵回來了。」

陶枝：「把手拿開。」

季繁：「我不要，妳不想我啊？」

厲雙江和付惜靈站在門口，像被人按了暫停鍵似的，不敢發出任何聲音。

這不是想妳了……

不是想妳了……

想妳了……

厲雙江露出了一個神似尖叫雞的表情。

他拿著手機跟付惜靈對視了一眼，飛快地點開了群組。

厲雙江：『這是什麼是什麼是什麼！』

厲雙江：『我大哥有男朋友？』

付惜靈：『（貓貓震驚.jpg）。』

厲雙江：『他還說想大哥了！還揉大哥的腦袋！』

付惜靈：『（貓貓驚嚇.jpg）。』

厲雙江：『住大別墅！家裡有溜滑梯！還有男朋友！』

付惜靈：『（貓貓點頭.jpg）。』

江起淮在去當家教的路上才掏出的手機。

因為碰上了尖峰時間所以有點塞車，他從書包側袋裡抽出手機，準備傳訊息給學生家長，表示自己可能會晚幾分鐘到。

才剛把勿擾模式關掉，還沒點開綠色的圖示，他的通訊軟體就開始瘋狂地跳出訊息。

江起淮隨手點開後才發現是個群組，他不知道自己是什麼時候被拉進去的。

裡面非常熱鬧，叮咚叮咚的不停地往外閃著訊息。

群組裡一共四個人，群名叫做「美少女正義聯盟」。

江起淮動作一頓，錯愕了兩秒。

美少女正義聯盟？

這是什麼玩意兒？

尖峰時段的公車擁擠，上班族們一語不發地低著頭玩手機，三兩成群的學生也湊在一起嘰嘰喳喳。

夜風在車廂裡流竄，驅散些許的沉悶鬱氣。

江起淮點著螢幕往下滑了滑，前面基本上都是厲雙江在說一些有的沒的，一直滑到最後。

對話還在繼續。

厲雙江和付惜靈兩個人一來一往，一個聒噪，另一個配合，聊得非常順暢。

全程，這個群組裡的第三個人都沒有出現。

最後一句話是厲雙江說的，付惜靈也沒有再回覆了。

厲雙江：『我大哥的男朋友長得也很帥啊，還有點眼熟，是不是像哪個明星？』

江起淮的目光在那句話上停了幾秒，司機突然一腳踩了剎車，他拉著扶手整個人用力一晃，視線也跟著離開。

公車到站的廣播聲響起，江起淮下了車。

他上課的地點位在一片老別墅區，沒有車子可以直達，大概要走十分鐘。

江起淮過了人行道後往前走，垂眼把群組訊息關掉，點開聯絡人清單後緩慢地往下滑，找到了家長的連絡資訊。

打架、惹事、談戀愛。

她還真是一樣都捨不得落下。

厲雙江才剛把打完的話傳到群組後，就後知後覺地頓了頓。

他扭過頭去看向旁邊的付惜靈。

付惜靈也看著他，臉上露出一個茫然混合著恍然大悟，又有點不太確定的疑惑表情。

兩個人對視一眼，都在對方臉上看到了答案。

確實長得有點眼熟。

像極了站在他旁邊那個被揉腦袋的人。

厲雙江「啊」了一聲，意識到可能是他搞錯了。

他發出的這點聲音終於引起了季繁的注意，少年轉過頭來有點驚訝：「這是妳朋友？」

陶枝抓著他的手腕，把他胡亂揉的爪子丟開：「嗯。」

「妳還能交到朋友？就妳這種性格，還能交到除了及時雨以外的朋友？」季繁伸著腦袋看著門口的兩個人，「你們如果被綁架了就眨眨眼。」

付惜靈眨了兩下眼睛。

「陶枝，」季繁指著她，轉過頭去責備道，「妳這是犯罪。」

陶枝一腳踹在他屁股上，有些不耐煩地說「有完沒完？幫他們拿拖鞋。」

季繁揉著屁股「噢」了一聲，顛顛地跑過去拉開鞋櫃，抽出兩雙拖鞋放在地上：「你們好，我是枝枝的哥哥，比她晚出生二十分鐘。」

付惜靈認真地說：「那你應該是弟弟。」

「……」

季繁靠在鞋櫃上，不滿地看著她：「妳這個女孩說話很不近人情啊。」

付惜靈頓時有些不知所措。

「不用理他，他就是嘴賤，」陶枝拽著少年的頭髮，把他的腦袋壓下去了，「自己去旁邊玩，姐姐要跟同學一起讀書了。」

季繁被按著腦袋，弓著身往前走：「讀什麼書？妳打算垂死掙扎去拯救妳二十分的數學？」

陶枝：「考九分的人就別說話了吧，差的那十一分，你想好怎麼補了嗎？」

「流氓就要有一點個人特色，妳懂不懂？」季繁振振有詞，「不能隨波逐流，妳叫我考二十我就考二十，我流氓的威嚴往哪裡擺？」

陶枝薅扯著他的頭髮：「話怎麼這麼多？叫你戒菸，你戒了嗎？」

「別拉了別拉了！要禿了！戒了戒了！」

「放什麼狗屁，你當我瞎了？茶几上那個菸灰缸裡的幾個菸頭是狗抽的啊？」

厲雙江：「……」

付惜靈：「……」

兩個人沉默地站在門口，看著客廳裡一陣雞飛狗跳，厲雙江湊過頭去小聲說：「我大哥的家庭環境果然非同凡響，家裡有兩個小孩都是這樣的？」

付惜靈搖搖頭：「不知道，我是獨生女。」

陶枝很難得帶宋江以外的人回家，這也讓張阿姨興高采烈地進廚房加了幾道菜。

客廳裡的兩人終於鬧完了，季繁重新躺回沙發裡繼續打遊戲，陶枝帶著厲雙江和付惜靈上樓進了書房。

厲雙江很興奮，在房間裡到處亂跳，指著牆角展示架上的花瓶：「這是不是乾隆年間的那個……唐英製的墨錦鯉青花瓷！」

陶枝：「從跳蚤市場買來做裝飾的。」

厲雙江：「顧愷之的畫！這個東西值八位數吧！」

陶枝：「贗品，三千。」

付惜靈從書包裡拿出英文試卷：「別說什麼八位數了，來看看你八十分的英文考卷吧。」

付惜靈是個無論做什麼事情都很認真的性格，實驗一中因為學生的水準都不差，老師講課很快，簡單的文法都只用一句話就帶過，付惜靈掏出筆記本來一點、一點地畫給他們看。

直到張阿姨上樓來叫他們下去吃飯，季繁已經在餐桌前坐好了。

厲雙江是個自來熟，跟學霸能談論課業，跟學渣能聊球賽和遊戲，很快就跟季繁打成了一片，兩人一邊啃著雞翅，一邊分析英雄聯盟最近新出的英雄。

一頓飯吃得熱熱鬧鬧，厲雙江跟季繁在飯後一起打遊戲，陶枝又被付惜靈拉上去背了幾篇英文作文，等到再下樓的時候，兩個少年儼然已建立起了革命友誼。

直到外面的天已經黑透了，厲雙江才依依不捨地收拾東西準備離開。

陶枝本來想打個電話叫顧叔叔送他們回去，但兩個人都不好意思再麻煩他，想要自己離開，陶枝怕他們找不到路，也跟著一起出去了。

這一片別墅區建了很久，房子都十分老舊，只有社區中間的一座噴泉花園是去年剛翻修重建的。

獨棟前面是一排別墅，陶枝帶著他們抄近路穿過去，厲雙江還對他新認識的好兄弟念念不忘：「對了，季繁讀哪個學校啊，怎麼沒跟妳一起上學？」

陶枝把手插進外套口袋裡：「他最近剛轉學回來，應該也會來實驗一中，之前在附中讀了半年吧。」

「附中轉過來的，那不是跟淮哥同一間學校嗎？」厲雙江說。

陶枝步伐一頓：「對耶。」

厲雙江繼續道：「那他跟淮哥應該認識啊，感覺這兩個人都不是會在學校裡默默無聞的人。」

陶枝翻了個白眼：「他可是風雲人物，打架、闖禍第一名，考試次次倒數，可能也不認識吧。這兩個人八竿子打不著。」

她說完，厲雙江和付惜靈同時轉過頭來看著她。

陶枝一臉莫名：「怎麼了？」

「沒，」厲雙江說，「我剛剛一時才反應過來，妳說的是他而不是妳自己。」

付惜靈跟著點了點頭：「確實是親姐弟。」

陶枝：「……」

陶枝把厲雙江和付惜靈送到公車站，看著他們上了車，兩人也在公車裡朝她揮了揮手。

天暗下來後，街道上流光閃爍，風吹得有點冷，陶枝跳了兩下，將外套拉緊了一些才轉身往回走。

現在的時間還不算太晚，有些剛吃過晚餐的人下樓來散步、遛狗，大部分的店家和小吃店都還有營業，便利商店透出的光線也亮如白晝。

陶枝忍不住多看了一眼。

自從上次出來吃消夜的時候碰到江起淮，她也不知道是為什麼，在路過這種便利商店的時候，視線總是會多停兩秒。

結果這次還真的被她誤打誤撞地碰見了。

少年還穿著制服、背著書包，看來是還沒回過家，背影清瘦挺拔，透過巨大的落地玻璃窗清晰地映入眼簾。他在裡面的冷藏櫃前走了一圈，拿了一盒便當去結帳。

等著便當加熱的空閒時間，他靠站在收銀檯前，低垂著眼看著手機。

有人從便利商店裡走出來，自動門也「叮咚」一聲後打開又關上，陶枝站在樹邊，看著裡面的人從收銀員手裡接過便當，略微點了點頭，收銀的女孩連忙擺了擺手，偷偷看了他一眼，臉有點紅。

江起淮垂頭，拿著便當走到玻璃窗旁邊的長桌前坐下，一邊看著手機一邊掀開了便當蓋。

他一個人坐在那裡，肩膀略微向下塌著，整個人看起來有種難以言喻的疲憊。

像一隻孤零零的小狗。

他也一個人吃飯。

陶枝眨了眨眼。

家裡還有零食嗎？應該沒有了吧。

嗯，沒有了。

她在出門的時候隨手拿了季繁掛在門口的外套，尺寸明顯大了一圈，冷風肆意地往外套裡灌，凍得她直哆嗦。

陶枝在縮了縮脖子後走進了便利商店。

這家便利商店很大，她從另一邊繞進去，像是做賊似地在貨架間穿梭，手裡拎著的購物籃塞滿了零食，最後走到了冷藏櫃前拿出幾瓶檸檬茶和優酪乳。

結完帳後她從袋子裡拿出一瓶養樂多，抽出吸管，就這麼直接戳開，走到窗邊的桌前，把手裡的一袋零食放在旁邊，一屁股坐在江起淮旁邊的位子。

察覺到身邊有人過來，江起淮的目光終於從手機螢幕上移開，抬頭看了一眼。

陶枝沒看他，眼睛直勾勾地看著停在窗外拴著粉色牽繩的黃金獵犬，在便利商店門口轉圈，快樂地追著自己的尾巴。

江起淮捏著筷子挑了挑眉，沒說話。

等外面那隻黃金獵犬被牠的主人帶走後，陶枝才開口：「你怎麼在這裡？」

江起淮放下手機：「我才要問妳。」

「叫你來一起讀書你也不來，跑到便利商店一個人吃便當，」養樂多小小一瓶，陶枝很快就喝完了，抽出吸管「啪嚓」一聲地把旁邊的那瓶也戳開了，「我開心啊，殿下。」

女孩身上穿著的那件外套大了一圈，明顯不是她的尺寸，長長的一截袖子垂了下來，只能勉強從袖口探出一點白白的指尖，她費力地把袖子往上扯了扯，才露出半隻手來。

江起淮想起了那個什麼「美少女正義聯盟」裡的聊天記錄，又掃了這件金紅色的男款棒球服外套一眼。

像隻花裡胡哨的孔雀。

看來她找的男朋友也不怎麼樣。

他的唇角低垂著沒有說話，捏著筷子繼續吃飯。

陶枝撐著腦袋側過頭來看著他，嘴巴裡咬著吸管，聲音有點含糊：「這個時間才吃飯，你剛剛去撿回收了？」

「我剛下課。」

「你還去上補習班？」陶枝有點訝異。

「家教。」

陶枝反應了一下，意識到他的這個「家教」不是他自己上家教課，而是去幫別人上課。

她沒再多問，只是皺了皺眉：「這個家長是怎麼回事啊？你幫他們家的小孩上課上到這麼晚，也不留你吃個晚餐嗎？」

江起淮瞥了她一眼。

這隻土撥鼠雖然吵了一點，但意外的很有分寸感。

無論是上次撞見他打工的時候還是這一次。很多事情，在她意識到前面有一條線的時候，她就會停下。

「所以，」江起淮放下筷子，平靜地問，「妳為什麼還在裡。」

「我不喜歡一個人吃飯。」陶枝眼地看著他。

「所以？」

「所以我來陪陪你。」陶枝說。

江起淮的手指不受控制地蜷了蜷。

他垂下眼，表情淡淡地：「不用，回去陪妳的男朋友吧。」

他這句話說得沒頭沒尾的，陶枝愣了愣：「什麼男朋友？」

江起淮沒說話，把手機往前推了推。

手機畫面停留在他們之前加的那個群組裡，內容是厲雙江和付惜靈剛進家門時看到季繁的對話。

陶枝沒有看到這些訊息，看了這麼一小段，又想起之前這兩個人呆愣愣地站在門口，一副被雷劈的莫名表情，一時之間有點想笑。

除此之外，她還有更在意的地方。

「你竟然沒有退出群組？」陶枝滑了兩下，將聊天記錄看完後抬起頭：「你竟然還看起了裡面的訊息？」

江起淮指著手機：「這垃圾群組一直響。」

陶枝點開右上角看了一眼，果然靜音了。

她把手機放到桌上，一本正經地說：「殿下日理萬機，這種閒雜野史還是少參閱為好。」

江起淮：「……？」

「況且，微臣尚未娶妻，」陶枝點了點手機螢幕，嚴肅道，「這是臣弟。」

江起淮面無表情地看著她：「好好說話。」

陶枝早就習慣他這副冷漠無情的樣子，她刀槍不入地繼續開玩笑：「殿下，您不加緊用膳嗎？再不吃就要涼掉了，在櫃檯收銀的那位女子，是哪位大臣家的嫡女？看了您好久呢，就等著您再去加熱一下便當。」

江起淮剛拿起筷子，壓低了聲音冷冰冰地叫了她一聲：「陶枝。」

陶枝縮了縮脖子後閉上了嘴，趕緊移開視線看向窗外，繼續喝她的養樂多。

江起淮吃東西的時候很安靜，幾乎沒什麼聲音，陶枝就這麼撐著腦袋，懶洋洋地望著外面人來人往的街道發呆，沒說話。

剛剛那隻黃金獵犬又被牠的主人牽回來了，旁邊還多了一隻薩摩耶犬跟牠互動。

陶枝看得津津有味。

彼此之間陷入一陣沉默，但也不尷尬，甚至還有幾分和諧。

這份和諧被電話鈴聲打破。

手機鈴聲從陶枝的口袋裡傳出，她不緊不慢地把手機拿出來，開口之前還打了一個哈欠：「喂——」

『妳什麼時候才要回來？只不過是送個人而已，是把自己也順便送走了？』季繁一接起來就扯著嗓子說。

陶枝又拆開了一包巧克力棒：「別管你爸。」

『妳看看妳說的都是什麼話，』季繁傷心地說，『本少爺只不過是關心妳一下，順便跟妳說一聲，回來的時候幫我帶瓶可樂，要百事可樂，不要可口可樂。』

陶枝跟他產生了分歧：「可口可樂才是永遠的神。」

『可口可樂沒有靈魂，』季繁說，『百事才是真正的王者。』

陶枝：「你給我喝可口可樂。」

季繁在另一頭瘋狂敲著鍵盤：『我現在連喝自己喜歡的可樂的權利都沒有了？』

陶枝懶得理他，直接把電話掛了。

她起身去貨架上拿了一瓶可口可樂，結完帳後把可樂放在桌上，又走回來坐下，繼續吃著巧克力棒。

江起淮就看著少女坐在她旁邊，像隻倉鼠似地吃著餅乾，用眼神詢問她——妳為什麼又回來了？

陶枝用食指抵著巧克力棒的末端，不滿地皺起眉頭：「你怎麼總是把人趕走？」

「他不是打電話給妳了嗎？」

江起淮也快吃完了，陶枝看了一眼時間後把可樂丟進袋子裡：「好吧，那我回去了。」

她起身往外走，自動感應門在她面前打開，陶枝朝他擺了擺手，「明天見。」

女孩將手放在外套口袋裡，手裡拎著一個大袋子，蹦蹦跳跳地離開了便利商店。

外面的風有點大，樹影在昏黃的路燈下搖曳，她沒有將頭髮綁起，隨意地披散下來，順著脖頸鼓在衣領裡，帶著一點自然捲，被光線染上一層溫柔的絨毛，整個人看起來柔和了不少。

她轉過街角消失在視野裡，江起淮收回視線，桌上的手機也跟著震動了一下。

訊息「叮咚」一響，江起淮垂頭，放下筷子後蓋好便當，拿起手機點開訊息。

發現又是那個「美少女正義聯盟」。

那個已經被他靜音的聯盟。

不知道在什麼時候，陶枝幫他把靜音取消了。

還順便在群組裡面傳了一句話。

枝枝葡萄：『包裝紙忘記丟了，幫我丟一下，大恩不言謝。』

江起淮：「……」

江起淮側頭，看見剛剛少女坐過的位子上，丟著一個深藍色的包裝盒。

厲雙江第一時之間竄出來：『什麼什麼？什麼包裝紙？』

枝枝葡萄：『沒你的事，寫你的作業。』

第二天早上，季繁是被陶枝砸門的聲音吵醒的。

少年昨天晚上打遊戲打到凌晨四點多，才剛睡沒多久，門就被人催命似地敲。

陶枝端了一杯牛奶，一邊慢悠悠地喝，一邊以十秒鐘敲三下的頻率把他叫醒：「季繁。」

「季繁——」

「季繁啊。」

「季繁同學，該起床了。」

「起床上學了，季繁。」

差不多敲了五分鐘。

房門被人「唰——」地打開，季繁穿著一條黑色睡褲，光著上半身站在門口，陰沉著臉發脾氣：「幹嘛啊！」

一脈相傳的起床氣。

陶枝慢悠悠地喝了口牛奶：「七點了，起來上學。」

「我才剛回來！剛回來！」季繁頂著黑眼圈，揉了揉睡得亂糟糟的頭髮，「我就不能在家休息兩天嗎！」

「你這個同學怎麼一點都不愛讀書呢，」陶枝學著年級主任的語氣，皺著眉批評他，「既然回來了當然要在第一時之間好好讀書，難道還得讓姐姐大人一個人去上討厭的學嗎？」

「從妳昨天晚上特地買可口可樂給我的那一刻起，我們就恩斷義絕了，」季繁靠在門框上，半死不活地看著她：「而且我偷偷回來的，老爸不知道，還沒跟學校說吧？」

「說了，」陶枝把杯子裡的牛奶喝乾淨，舔了舔嘴角，「我昨天連夜告訴了爸爸這個喜訊，他說今天就會跟老王八說一聲，讓你直接去報到。」

季繁：「老王八是誰？」

「班導，」陶枝說，「趕緊去洗漱換衣服，不要逼我去裝盆冷水把你沖醒。」

季繁把門關上了。

半個小時後，陶枝活蹦亂跳地抓著像死魚一樣的季繁到學校。季繁要先去王褶子的辦公室報到，陶枝則一個人先進了教室。

早自習才剛開始，班級裡安安靜靜的，陶枝昨天在付惜靈和宋江的幫助下，從開學到現在頭一次寫完了作業，坐到座位上後也沒事幹，突然覺得有些空虛。

準備上課之前，王褶子回到教室，季繁也跟在後頭。

「要上課了啊，都給我清醒一點，想睡的站起來緩緩，趙明啟別睡了，你昨天通宵去打球是怎麼一回事？補作業的也都給我收斂一點，趁我還沒發火之前趕緊收了啊。」王褶子拍了拍講臺桌面，「另外，我們班轉來一位新同學，從今天起跟大家一起上課——副班長。」

陶枝抬起頭來。

王褶子：「下課後，帶新同學去領一下課本和外套。」

陶枝應了一聲，看了一眼講臺上的人。

新同學靠著黑板站在前面，黑眼圈都快垮到嘴角了，睏得腦袋一點一點的。

「季繁。」王褶子叫他。

聽到被點名，季繁才勉強打起精神。

「你怎麼睏到連站著都能睡著啊？」王褶子掃了一圈，往後指了指，「你先坐那裡吧，如果在課業上有遇到什麼困難都可以問同學，不用不好意思。」

季繁點點頭。

班級裡只有江起淮旁邊有空位，他提著腦袋坐到自己的座位上，準備趴下來補眠。才剛把手臂搭在桌子上，腦袋都還來不及往下擱，季繁瞬間停下了動作。

他像剛反應過來似地轉過頭來，看向他的新同學。

江起淮也轉過頭來。

季繁盯著他看。

江起淮也看著他身上那件金紅色，有些花裡胡哨，看起來十分非主流的棒球外套。

季繁從他的頭髮到下巴，來來回回地打量了一遍，皺著眉思考了老半天，遲疑地開口：「江起淮？」

江起淮終於把視線從他那件醜衣服上移開了。

季繁：「我靠，真的是你啊？你怎麼跑來實驗一中了？」

江起淮揚了揚眉。

那表情就好像在說——你誰啊？

季繁剛要說話，講臺上的王褶子開始上課。

江起淮轉過頭，瞬間進入了「老子在上課，誰敢跟我多說一句話就得死」的狀態，沒再施捨更多眼神給他的新同學。

他的新同學只睡了不到三小時，睏得頭重腳輕、意識模糊，並沒有多做糾結，直接趴下來補眠。

中間的小組討論都沒辦法把他吵醒。

他睡覺占了整張桌子，付惜靈也不敢說話，不得不把試卷墊在書本上面寫。

直到下課。

陶枝玩了一節課的抽卡小遊戲，下課鐘聲一響，她抽完了最後一張白卡，不高興地把手機丟回抽屜後站起身來。

季繁已經睡到打呼了。

陶枝伸了個懶腰轉過身來，一巴掌拍在他腦袋上。

「我靠！」少年睡得正香，被她一巴掌拍醒，嚇得一哆嗦，猛地直起身來，「誰他媽打老子！」

這一聲罵得震天動地，教室裡瞬間安靜，所有人轉過身來，厲雙江正往嘴裡塞著威化餅，張大嘴巴扭過了頭，包裝紙也跟著塞了進去。

陶枝懶得理他，拽著他的衣領把他拎出來，季繁在看清楚對方後瞬間怕了，「哎哎」叫了兩聲，捂住衣服的後領趔趄地跟著她往外走：「走慢一點、走慢一點！我這件衣服是剛買的，很貴的啊。」

風紀股長被這一幕嚇得目瞪口呆：「他媽的……我們班是不是又轉來一個大哥啊，流氓還得流氓醫？」

趙明啟在旁邊勾著他的脖子：「這兩個人認識啊？」

「你們兩個認識啊？」走廊上的陶枝也問了同樣的問題。

季繁小心翼翼地整理他挺貴的衣領：「誰？」

「江起淮，」陶枝從制服口袋裡摸出一塊牛奶糖，帶著他離開了教學大樓，穿過綠化往圖書館那邊去領制服，「你剛剛不是有叫他的名字嗎？」

「哦，他，」季繁想了想，「應該算認識吧，我們幹過一架。」

陶枝腳下一頓，以為自己聽錯了：「你們兩個幹了什麼？」

「打過一架，我剛去附中的時候，」季繁把她手裡的牛奶糖糖抽走了，剝開塞進自己的嘴巴裡，口齒不清地說，「這個傢伙很屌，仗著自己成績好，囂張的無法無天。」

確實。

陶枝贊同地點了點頭。

「我看不慣他，就故意找碴跟他幹了一架。」季繁繼續說。

這次陶枝沒辦法幫他說話了：「……你真的很白目。」

陶枝也覺得季繁有點太無法無天了，他連江起淮這種一心只專注念書的書呆子也要欺負。

「結果這個賤貨差點把老子我打進醫院裡，」季繁跟陶枝說話的時候，向來是不會去顧及面子的，他嘆了口氣，心有餘悸地說，「還他媽挺能打的。」

陶枝：「……」

陶枝：「？」

這跟她對江起淮的認知有點不同。

季繁她多多少少還是了解的，至少在他離開國中之前，走的是那種打起架來跟頭小怪獸似的路線，也是很容易失去理智的類型。

陶枝無法想像，江起淮跟人打架打得滿地滾會是什麼樣子。

他看起來是那種被人碰一下，都會覺得自己髒了的類型。

沒想到還是個武將出身。

「你確定你是跟他打了一架？」陶枝狐疑道。

「這他媽的還能忘嗎？」季繁瞬大了眼睛，「你以為附中小霸王次次都能失手？他化成灰我都記得。」

陶枝點點頭提醒他：「但人家好像不記得你了。」

季繁一噎，不高興地皺起眉：「妳是怎麼回事啊陶小枝同學？妳到底向著誰？」

「這不是向著誰的問題，」陶枝睨了他一眼，「你又打不過人家。」

「打不打得過是一回事，氣勢不能輸，」季繁頭頭是道地說，「我封他為本少爺一生的勁敵。」

陶枝：「……」

陶枝帶著他去圖書館領了新的教材和制服後回到教室，少年終於脫掉了他那件囂張的外套，換上了實驗一中高二的制服，整個人看起來比之前乖了幾分也順眼不少。

回來的時候，厲雙江正在門口跟別人說話，看見他雙臂高舉：「好兄弟——」

季繁朝他走過來，也舉起雙臂：「兄弟——」

兩個人站在教室後門，深情地抱在一起：「今晚峽谷見？」

季繁拍拍他的肩膀：「可以，我繼續玩瞎子[2]。」

「讓我們一起讓對方絕望的中野聯動。」厲雙江緊握著他的手。

季繁回握住了：「好兄弟，我懂你。」

「……」

陶枝翻了個白眼，側身繞過這兩個神經病，回到座位上準備上課，順帶注意了一下後面那幹過一架的兩人。

昨晚的季繁熬得太晚，睏得厲害，暫時沒什麼精力跟江起淮計較那些往事。基本上只要上課鐘一打他就開始睡，就這樣睡了一整個上午。

在這期間，英文老師站在他旁邊溫柔地呼喚了好幾次，卻還是沒辦法將他從溫柔夢鄉中喚醒。

因為付惜靈每天都會自己帶便當，所以陶枝現在都會把午餐買回教室陪她吃，下課鐘一響，那個老師怎麼叫都叫不醒的季繁同學，像是腦子裡設了鬧鐘似的，睡眼朦朧地抬起頭來叫她：「枝枝。」

2　瞎子：戰鬥技術遊戲《英雄聯盟》中的角色「盲僧李星」。

陶枝把書堆在桌子左上角，回過頭來問：「吃什麼？」

「都可以，」季繁打了個哈欠，「妳要去哪裡吃？實驗一中有什麼好吃的嗎？」

「我在教室，」陶枝想了想，「今天吃個麻辣燙吧。」

季繁點了點頭站起身來：「那妳帶我去吧。」

江起淮還沒走，於是陶枝在猶豫再三後側頭，問他：「你要跟我們一起吃午飯嗎？」

這還是她從開學以來，第一次主動邀請江起淮。

這時的季繁才突然想起了新同學。

少年睡得哈欠連天，聞言轉過身後瞇眼看著他，那雙跟陶枝有幾分相似的黑眸裡充滿了殺氣。

他用眼神傳遞訊息——你敢答應的話就死定了。

江起淮垂著眼闔上書，站起身來，看都沒看他一眼：「不了。」

語畢，便從後門出去了。

季繁瞬間把上一秒的殺氣嚥了回去，他轉過頭來看向陶枝，自我安慰道：「他是不是被我的氣勢震懾住了？」

「並不是，你只不過是被他無視罷了。」陶枝毫不留情地說。

「我之前就想問，但我因為太睏所以忘記了，」季繁看著她一臉疑惑，「妳怎麼看起來跟江起淮的關係還挺好的？」

付惜靈從便當裡夾起一塊牛肉，在聽見這句話的時候不小心嗆了一下。

陶枝一副見鬼的表情：「你哪隻眼睛看到我們的關係很好？」

季繁：「他不是很常跟妳說話嗎？在小組討論的時候，我隱約聽見他教妳寫題目不是嗎？」

陶枝：「……上課睡覺就好好睡，不用關心小組活動。」

「妳剛剛還邀請他一起吃飯。」季繁一臉不滿。

陶枝也瞇起眼來：「你現在是在刁難我嗎？我也邀請你一起吃飯了。」

「這可以相提並論嗎？我們兩個的關係不是很好嗎？」

「你是不是睡到腦子短路了？我跟你的關係有好過？」

付惜靈一邊吃著牛肉，一邊津津有味地聽著兩人在這裡進行小學生等級的嘴砲。

教室裡的人都走得差不多了，除了他們之外只剩下幾個人，她咬著筷子扭頭，看見旁邊有個女生慢吞吞地走過來，站在走廊上不遠不近地停下了腳步，似乎有些猶豫。

付惜靈在桌底下偷偷地扯了扯陶枝的手。

陶枝回過頭來，而付惜靈朝著那個女生的方向揚了揚下巴。

陶枝轉頭看過去，女孩的視線跟她對上，剛邁開的腳步又停住了，她的臉漲得通紅，背在後面的手好像藏著東西，似乎是游移了一下，最後還是轉身小跑著離開了。

季繁一臉莫名：「這個人怎麼了？尿急？」

「不知道，」那個女生平時在班級裡安安靜靜的，沒什麼存在感，陶枝一時之間也想不起來她叫什麼名字，「這個人叫李……什麼來著？」

「李思佳，英文小老師，」付惜靈又塞了塊牛肉，鼓著臉頰說，「上個禮拜自習課，我看見她跟學霸在走廊裡說話，臉也這麼紅。」

季繁一臉狐疑地看著她。

「江起淮同學。」付惜靈解釋道。

季繁恍然大悟：「他女朋友？」

「肯定是想告白啊，」付惜靈說，「她剛剛不是想塞情書給學霸嗎？」

陶枝瞬間轉過頭來看著她，似乎理解得有些艱難：「塞什麼玩意兒？」

「情書啊，」付惜靈眨眨眼，「妳沒看見嗎？她剛剛藏在背後的東西，應該是因為我們都看著她，所以她不好意思給。」

陶枝覺得自己對早戀的認知受到了衝擊。

這個年頭還有人塞情書跟喜歡的人告白？

吃完午餐後，午休時間還沒結束，厲雙江跟趙明啟幾個人勾肩搭背地回來拿球，看見季繁喊住了他：「好兄弟！走啊，打球去！」

季繁原本還昏昏欲睡，聽見有人叫上他一起玩，立刻就有精神了：「走！讓你三個球。」

幾個男生鬧哄哄地走出了教室，付惜靈趴在桌子上補眠，陶枝癱在椅子裡百無聊賴地玩手機。

教室裡面的人進進出出，她沒怎麼注意，專注地打了一圈麻將，輸了三十萬的歡樂豆[3]。

教室裡安安靜靜的沒什麼聲音，陶枝聽見後面有書本翻動的聲音，輕輕的，淹沒在從窗外操場上傳進來的說笑聲中。

她以為江起淮回來了，摸了張牌打出去後轉過頭。

結果沒人，桌上的東西在主人走的時候是什麼樣子，現在還是那個樣子。

陶枝沒多想，扭過頭來繼續打麻將，這一局她又給上家屁胡點了五次炮，把最後一點歡樂豆輸完，此時後門被推開，是江起淮回來了。

陶枝放下手機丟進抽屜裡，轉過頭來直截了當地問：「殿下，您選妃了嗎？」

江起淮拽出椅子，動作一頓：「妳又在演哪齣？」

「好奇一下學霸有沒有早戀，」陶枝大大方方地說，旁邊的付惜靈還在睡覺，怕吵到她，所以放輕了音量，「以及，有沒有在班級裡面選妃的打算。」

「沒有，沒打算。」

江起淮一邊說著一邊扯過午休前沒做完的那疊試卷，翻開，然後一頓。

試卷裡面夾著一個粉色的信封。

陶枝吹了聲口哨。

3 歡樂豆：遊戲《歡樂鬥地主》中的虛擬貨幣。

江起淮：「……」

她倒著轉過來坐，撐著腦袋故意拖長了聲，慢悠悠地說：「沒有打算——」

今天的氣候不佳，雲層也很厚，陽光一直到正中午才從雲端堪堪探出頭來，天空逐漸明亮。

陶枝有些敬佩地感嘆道：「這妹妹什麼時候塞的啊？我都沒發現，功力了得。」

江起淮不知道在她那裡佩服些什麼，連眉頭都沒皺一下，把信封隨手放在一邊後繼續做著試卷。

陶枝瞥他：「你怎麼還做得下去？」

「我為什麼做不下去？」江起淮垂著眼，筆下勾出一個字母。

陶枝沒說話，她將腦袋靠在他的桌子上，一下看看他，一下又將目光放到他桌上的粉色小信封。

視線就這麼來來回回地掃了五分鐘。

江起淮的筆尖停了停，終於抬起頭來：「妳搞懂昨天數學小考的那五題了？」

陶枝看著他眨了一下眼睛，搖搖腦袋。

「習作寫完了？」

陶枝又搖搖腦袋。

「那妳在這裡看著我就能看出答案？習作能自己寫完嗎？」

「無情。」陶枝趴在桌子上指責他。

「……」

「冷酷。」

「……」

「毫無人性。」

「人家女孩的心意，你連看都不看，」陶枝嘆了口氣，「最是無情帝王家，這李淑妃什麼都好，偏偏就是瞎了眼，看上你這種薄情寡義之人。」

「……」

這小瘋子天天幫他編著一套又一套的設定，江起淮也不知道李淑妃是什麼玩意兒。

他擱下筆，人往後一靠：「這麼好奇嗎？」

陶枝：「什麼？」

「這個……」江起淮頓了頓，頭一次順著她的設定往下說，「如果妳好奇李淑妃寫了什麼的話，妳就自己看看。」

「那怎麼行？這是人家偷偷寫給你的一片心意呢，你得自己看。」陶枝滿臉嚴肅地教育他。

她也沒多想，一時口快繼續道：「再說了，本宮大權在握也是清心寡欲慣了，無心參與殿下的後宮之爭。」

她話說完，忽然後知後覺地意識到，這句話好像哪裡怪怪的。

陶枝定住了。

兩人瞬間安靜，空氣裡充滿了尷尬。

江起淮眉梢一挑：「大權在握？」

陶枝張了張嘴，想解釋卻又開不了口，尷尬到腦子都短路了。

「不參與我的後宮之爭？」

陶枝將放在他桌面上的腦袋往下縮了縮，眼神躲閃著他的視線，耳尖都紅了。

難得看她吃癟，江起淮覺得還挺有意思的。

他不緊不慢地用指尖敲了敲桌面，繼續凌遲她：「怎麼，想當皇后？」

第七章　拒絕當七百分以下選手

我當你媽。

陶枝氣到想把桌上的書都丟在他那得意的臉上。

她沒想到自己這張神擋殺神的嘴也會有碰壁的一天。

還自己挖洞給自己跳。

她尷尬得想鑽到桌子底下去，一時之間覺得自己說什麼都不對，說多了像狡辯，說少了是心虛。

乾脆選擇閉嘴，抿著唇，瞪著眼前這個耍嘴皮子還不嫌事大的討厭鬼，打算用眼神殺死他。

女孩挑起那雙狹長的黑眸，板起臉來的時候確實氣勢逼人，只是那紅紅的雙耳大幅降低了說服力。

她凶狠地瞪著他，從她的眼神看來，大概是惱羞成怒到恨不得把他碎屍萬段了，江起淮也毫不在意，身子略往後懶懶一仰，卸去一些疏離與冷漠：「還想弒君？」

陶枝：「……」

「怎麼還沒完沒了？」陶枝整個人連帶著氣勢一起塌下去，沒好氣地說，「我只不過是一時口誤，你不要抓著不放，我們都知道我沒有這個意思。」

江起淮點了點頭：「我怎麼知道妳有沒有這個意思？畢竟妳對這封信這麼好奇。」

陶枝一噎：「我也瞎了嗎？」

「不要詛咒自己。」江起淮說。

「……」

陶枝一口氣噎著，差點沒提上來。

午休結束的預備鐘聲響起，走廊裡傳來厲雙江和季繁說話的聲音，幾個男生抱著球，吵吵鬧鬧地回到教室。

季繁一進門，就看到陶枝貼在江起淮桌邊，伸著腦袋跟他說話。

陶枝抬頭看了他一眼，跨出椅子「唰」地轉過頭去：「我才不好奇，你留著慢慢欣賞吧。」

她的動作幅度有點大，坐下的時候還撞了椅子一下，江起淮的桌子被撞到往後斜著翹了一下，疊得高高的試卷和書本也滑了下來。

陶枝趴在自己的桌子上，將憋著的一口氣吹出來，鼓了鼓臉頰。

江起淮這個人雖然性格非常惡劣，錙銖必較，小氣又討人厭，仗著自己成績好就肆無忌憚地囂張。

但長相確實挺好看的。

陶枝心不甘、情不願的在心裡默默承認。

再加上成績好，永遠都是一副冷淡理智且高高在上的樣子，有那麼幾分學霸男神的假象，會被女孩喜歡也是理所當然的。陶枝早就在操場上看過好幾次，他被別班女生主動搭訕的畫面了。

但她們根本不了解他，只是被這個人極具欺騙性的外貌迷惑了。

而且高中生怎麼可以早戀？

學生就要以課業為重！

陶枝鼓著嘴巴，隨手從桌上拽了一本書過來裝模作樣地看，然後被人輕輕戳了一下左邊的臉頰。

「噗」的一聲輕響，陶枝把憋著的氣吐了出來。

她轉過頭去。

付惜靈不知道什麼時候醒了，睡眼朦朧地看著她，伸出一根食指懸在她臉頰邊：「怎麼不高興了？」

陶枝愣了愣直起身：「我沒有不高興啊。」

「哦，」付惜靈收回手，偷偷打了個哈欠，「妳看起來情緒有點低落。」

陶枝：「我打架打輸了。」

「……妳什麼時候又去打架了。」

「剛剛，」陶枝重新趴回桌子上，有些悶悶不樂地說，「是我技不如人，反應慢了半拍，讓對手有機可乘地嘲諷我。」

付惜靈也沒睡多久，算算這十幾分鐘的時間，怎麼想都不夠陶枝去打一架，她左左右右把她看了一遍，還是問道：「那妳有沒有哪裡受傷了呀？」

「有的，」陶枝說，「我胸口痛。」

付惜靈大驚失色：「妳心臟受傷了嗎？」

「是的，」陶枝捂了捂胸口，神色認真，「它被言語重傷了。」

付惜靈：「……」

付惜靈的表情也跟著認真起來，她哄著陶枝：「那妳要不要跟老師請個假，去保健室看看？」

陶枝沒想到還有這麼一招。

與其在教室裡乾坐到下課，不如去保健室躺著。

「我覺得妳說得很有道理，當然要去，」她從善如流道，「那妳等等幫我跟老師說一聲。」

她說完後從抽屜裡摸出了手機，又拿了幾塊牛奶糖，蹦蹦跳跳出了教室。

季繁剛把制服外套脫掉，額頭上還貼著一張衛生紙擦汗，一抬頭就發現陶枝不見蹤影。

「喂。」他拍了拍付惜靈。

付惜靈轉過頭來。

「枝枝去哪裡了？」季繁問。

「她去保健室了，」付惜靈說，「她說她的心臟被言語重傷了，胸口很痛。」

用言語重傷某人心臟的江起淮：「……」

這小土撥鼠還真是會見縫插針，無論什麼事都能用來當作蹺課的藉口。

而心臟被言語重傷的陶枝，在保健室裡舒舒服服地睡了一節課才醒。

她從高一的時候就是保健室的常客了，跟保健室老師熟到不行，女孩在必要的時候可以讓自己變得嘴甜又討喜。

保健室老師也是睜一隻眼、閉一隻眼地放任她，象徵性地聽了聽心肺，任由她自己挑床去裡面「休息一下」。

陶枝原本是想選最裡面的那張床，而目光卻落在外側的那張上，又看了看床邊靠著牆的那輛醫療推車。

她腳步頓了頓，蹦到外側的那張床上後把簾子拉上。

白色的簾子瞬間隔出了一個封閉的祕密空間，一股消毒水混著酒精和藥膏的味道在鼻尖瀰漫開來，切割出一個與世隔絕，小小的私人世界。

陶枝低垂下頭，坐在床上晃了晃腿，將手探進另一邊的外套袖口裡，摸了摸之前被抓傷的手臂。

她發現傷口上的結痂逐漸脫落，大概是正在長出新肉，有一點搔癢。

她輕輕地摳了摳，盯著白色的簾子有些出神。

她好像沒那麼生氣了。

陶枝不知道自己是什麼時候睡著的。

她昨晚睡得挺好的，今天早上也不覺得睏，大概是保健室的環境太過安靜，她原本打算躺著玩一節課的手機，結果計畫被打亂，直接抱著手機睡著了。

直到下課鐘聲起，遮掩的白簾子被人「唰——」地一聲拉開。

陶枝掙扎地睜開眼，剛睡醒的時候視線還很模糊，隱約看見一個人影站在床尾，手裡拽著簾子。

她以為是校醫或季繁，也沒在意，打了個哈欠揉眼睛，抬起頭來打算起身。

「心臟還痛嗎？」江起淮的聲音從床尾傳來。

陶枝停下揉眼睛的動作，指尖蹭了蹭眼角，把腦袋重新栽回枕頭裡，閉著眼睛說：「內傷，非常虛弱，處於瀕死狀態。」

江起淮把另一半的簾子也拉開了，半斜的日光灑在床上：「那怎麼辦？」

「心病還須心藥醫，來都來了，你也別白來，」陶枝閉著雙眼筆直地躺著，雙手交叉放在肚子上，一臉安詳地說，「就讓我罵一頓吧。」

江起淮意義不明地笑了一聲。

陶枝睜開眼睛：「你笑什麼。」

「看妳這樣躺著，總覺得身邊好像少了一點什麼，」江起淮居高臨下地看著她，刻薄道，「腦袋旁邊應該再圍一圈白花。」

「……」

陶枝憤怒地從床上一躍而起：「你看看你有多惡毒？我這張臉再怎麼說也是白雪公主。」

「好吧，」江起淮看了她一眼，贊同得十分勉強，「趕緊把蘋果吐掉起床吧，公主。老王找妳。」

陶枝本來是想繼續跟他嗆聲的，但她被那一句「公主」取悅到了。

不情不願地爬起來，穿上鞋後下床。

她慢吞吞地把睡得有些亂的床鋪整理了一下，枕頭擺正，準備離開保健室。

校醫正坐在外面的桌前看書，聽見聲音抬起頭笑道：「睡醒了？」

陶枝眨著眼，一臉無辜地裝傻：「我這不是不太舒服嗎。」

然而校醫並沒有留給她面子，點點頭繼續說道：「的確，睡得挺香的啊，我進去好幾次都沒有把妳吵醒，再睡下去都要打呼了。」

「……」

被直接揭穿的陶枝看了江起淮一眼，用指尖抓抓鼻子，小步跑出門：「校醫老師再見！」

江起淮跟在後面，關上了保健室的門。

陶枝腳步很快，江起淮也沒有追她的意思，但他的步伐比她大很多，兩個人的距離並沒有拉開，就這麼一前一後往教學大樓走，始終離得不遠不近的。

剛穿過室外籃球場走到福利社前，江起淮突然被人從身後叫住。

陶枝下意識停下腳步，轉過頭去。

李思佳從福利社裡小跑著出來，臉紅紅的。

她手裡拿著兩瓶水跑到江起淮面前，清了清嗓子，把其中一瓶水遞過去：「江同學，你要喝水嗎？」

江起淮垂頭，神色淡漠：「不用，謝謝。」

李思佳咬著嘴唇，默默收回了手。

她懷裡抱著兩瓶水，猶豫了一下後小聲問：「那封信……你看了嗎？」

陶枝覺得自己應該迴避一下這種場景。

但她也不知道為什麼，腳下就像生根似的，直勾勾地紮進原地。

她乾脆直接在原地蹲下，把腦袋扭到一邊去，假裝若無其事地看風景，然後偷偷聽著他們的對話。

「沒有。」她聽見江起淮說。

陶枝單手撐著膝蓋，托著腦袋，用指尖敲了敲臉頰。

一節課過去了，他怎麼還沒看？

李思佳沉默了一下，還是努力地鼓起勇氣繼續說：「沒看也沒關係，我就是……其實從你轉學過來的第一天開始，我就注意到你了，就……挺喜歡你的，」女孩的臉漲得通紅，小聲問，「江同學，你有沒有女朋友？」

江起淮沉默了。

他沒有！

陶枝一邊假裝看著對面男生打球，一邊在心裡暗自說道。

沉默幾秒，江起淮突然開口：「妳上次模擬考考幾分？」

這個問題也太奇怪了，陶枝愣了愣。

李思佳也疑惑了一下。

「六百八十分。」李思佳說。

她的成績雖然沒有頂尖到數一數二的程度，但是也不差，每次考試在年級排行榜上都是榜上有名，排在很前面的位置。

上次三校模擬考的所有考題都很難，以她這個成績來說已經算是非常好了。

對於這個年紀的小孩來說，成績無疑是最大的信心來源。

想到這裡，李思佳又多了幾分自信，補充說道：「我的英文成績是年級第一。」

陶枝掰著手指頭算了一下，她的模考只考了三百分。而李思佳的分數不僅比她高了一半，還多了八十分。

人家的英文還是年級第一！

陶枝偷偷用餘光往那邊瞥了一眼。

成績好。

文靜靦腆。

長得也挺可愛的。

最後結論——完美的女友人選。

當她還有些出神地想著，就聽見江起淮說話了。

「還沒到七百。」江起淮嗓音冷淡，嘴上說著莫名其妙的話，語氣裡卻不帶有任何一絲的敷衍，「我建議妳把心思放在課業上。」

陶枝：「……」

陶枝知道江起淮很靠北，但也沒想到他能靠北成這樣。

雖然是換了一種比較溫和的方式，但言下之意就是——

妳就考這麼一點分數，還好意思早戀？

妳這一點分數，我看不上。

語氣和態度看起來都非常認真，並沒有瞧不起對方的意思，就是很單純地拒絕，理由是妳連七百分都考不到，就別搞那些有的沒的。

比嘲諷還傷人。

即便是像陶枝這種沒什麼同理心也不太善良的人，都為李淑妃感到一陣心痛。

陶枝覺得要是江起淮跟她說這句話，她可能會忍不住地揍他一拳。

果然，李思佳低垂著腦袋，沒有繼續說話，肩膀還抖了抖。

陶枝正思考著他是不是把人家惹哭了。

過了一陣子，李思佳又抬起頭來，臉紅地咬著嘴唇說：「我明白了，江同學是喜歡成績好的嗎？」

江起淮沒說話。

這反應看起來像是默認了，李思佳點點頭，鼓起勇氣繼續說：「那如果我這次月考能考到七百分，我希望江同學可以考慮一下我。」

她沒等江起淮的答覆便直接跑走了。

江起淮轉過身來，就看見陶枝蹲在旁邊，用兩隻手托著腦袋，專注地盯著遠方，看都不看他一眼。

他還沒說話，陶枝就立刻此地無銀三百兩道：「我在看高一的打球。」面前的室外籃球場上，一個少年帶球過人，飛快地跑到對面的籃框下高高起跳，手裡的籃球也準確無誤地送進籃框。

陶枝拍了拍手：「好球！」

江起淮：「……」

江起淮輕敲一下她的腦袋：「走了。」

陶枝捂著腦袋站起身，因為蹲太久所以腿有點麻，她在原地跳了兩下後才跟上去。

她側頭看了看江起淮，一語不發。

少年的下顎線條消瘦清晰，蜿蜒到耳際，脖頸修長且喉結鋒利，肩寬而薄，白色的T恤和制服外套半掩住鎖骨的輪廓。

「看什麼？」那張淡色的薄唇輕啟，帶著少年特有，宛如冰片一般的稜角感，吐字清晰冷漠。

「我在想……」陶枝懶散地拖著聲音，誠實道，「如果光看外表而忽略你這個性格，李淑妃會對你死心塌地，也不是沒有原因的。」

陶枝其實也看過不少帥哥，包括高嶺之花的學霸類型在內，但是不能把江起淮歸類在這個範圍裡。

他性格裡的稜角其實非常明顯，也沒有要掩飾尖銳攻擊性的打算，同理心和共情能力很差，刻薄且不近人情。

陶枝覺得如果把這個人切開，裡面肯定是黑的。

但是這個畫面也太血腥了。

她縮了縮脖子，收回視線：「你講話委婉點，給人家留點面子。」

江起淮側頭：「我以為我已經很委婉了。」

哪裡委婉了啊？

你真的不是在刁難她嗎？

陶枝翻了個白眼：「也是我們可憐的李淑妃脾氣好、性子軟，要是換成別人聽你說這些……」

說著說著，她又有點好奇：「殿下，如果李淑妃下次考試真的考了七百分以上，你會考慮她嗎？」

江起淮垂眸：「我如果是妳，我現在會去關心一點別的。」

陶枝愣了愣：「別的？比如什麼？」

「比如，」江起淮頓了頓，「要怎麼向班導解釋蹺課的原因，之類的。」

陶枝：「……」

陶枝有些驚慌：「老王上節課到班級裡看過了嗎？」

「嗯，」江起淮連眼睛都沒眨，「來了。」

陶枝：「……」

兩人走進教學大樓，陶枝握著扶手不情不願地走上樓，站在王褶子的辦公室前快速思考了一下該怎麼辦，她抬手扯著唇角往下拉了拉，一臉虛弱地敲了門，無精打采地走進去：「王老師。」

王褶子正在批改考卷，聞言後抬起頭：「來了？我正想問問妳和江起淮關於這週班會的事情，開學也快一個月了，你們有沒有什麼想法？」

「？」

陶枝疑惑地抬起頭來：「班會？」

「我本來打算在下禮拜動員大家來討論的，但快要接近月考了，你們數學老師剛剛提前把班會借走，所以就挪到這個禮拜，」王褶子邊批改考卷邊說，「這個就交給你們正副班長負責，想想有什麼主題，積極向上一點的，沒問題吧？」

陶枝在進門之前還有點心虛，一聽到不是因為蹺課被發現而罵她，立刻站直身子說：「沒問題！」

王褶子一臉疑惑地看著她：「平時叫妳幹點事妳都嫌麻煩，這次怎麼這麼積極？」

陶枝一本正經地說：「這本來就是我作為副班長的分內之事。」

江起淮在旁邊嘲諷似的哼笑了一聲。

陶枝偷偷地掐了他的手臂一下。

王褶子沒發現他們之間的小動作：「好，那你們兩個先回去吧，記得和學藝股長商量一下。」

陶枝應聲，先走出辦公室。

江起淮跟著出來並帶上了門。

他一出來，陶枝就幽幽地說：「騙子。」

江起淮往前走。

陶枝：「江起淮是個騙子。」

「……」

陶枝：「江起淮欺騙單純少女。」

江起淮：「……」

他轉過頭：「想給妳一點緊張感而已。」

陶枝「哼」了一聲，甩頭從他旁邊大步走過去，綁起高馬尾後甩了甩，髮梢擦過他的制服領口。

江起淮用手蹭一下脖頸。

有點癢。

學藝股長蔣正勳正在進行第五次的自我檢討，他認為自己當初就不該競選這個職位。

之前趙明啟也調侃過他，說他一個男孩子，取了一個這麼陽剛的名字，怎麼就不愛打遊戲和打球，只愛研究這些女生喜歡的東西。

蔣正勳覺得趙明啟的想法有問題。

男孩子怎麼了？

男生也可以喜歡畫畫，喜歡出班報，喜歡安排班級裡的班會和活動，個人愛好跟性別有什麼關係？這兩者之間沒什麼衝突。

直到王褶子讓他跟正副班長合作。

蔣正勳看著坐在對面的兩個人，江起淮把他剛寫好的班會主題提案遞給陶枝：「學藝股長寫的。」

陶枝將下巴擱在椅背上，沒有要回應的意思，繼續玩著手機：「我不跟騙子說話。」

江起淮：「……」

他把本子推到陶枝面前：「看一下，如果同意的話就這麼決定了。」

陶枝看都不看他一眼：「也聽不見騙子說話。」

江起淮：「……」

這都已經過去幾節課了？

江起淮的耐心向來有限，眼看著兩個大佬的臉都冷得跟冰塊似的，蔣正勳清了清嗓子，從江起淮手裡接過本子，小心翼翼地遞到陶枝面前，小聲開口：「那個……雖然可能有點幼稚又有點老套，但是我自己挺喜歡的，副班長您看看。」

連您都用上了。

陶枝按手機的動作頓了頓，覺得遷怒他人不太好，將手機插進制服口袋後抬起頭，把本子拿過來看。

蔣正勳提出的主題是成長和改變。

每個人的人生都有分階段，沒有人能一成不變地成長，或許在小的時候憧憬著成為某種人，但隨著年齡的增長，可能會改變心意，即使現在的成績好也不能代表一切。

確實還挺土的，不過陶枝很喜歡。

她一邊敲著本子一邊看著江起淮：「看見了沒？」

陶枝翹著腿一字一字地說：「即使現在的成績好，也不能代表一切。」

「……」

江起淮懶得跟她計較。

蔣正勳安排的最後一個環節，是寫下小時候的夢想，以及現在最想成為的對象，他看著這兩個人又要吵起來，趕緊問陶枝：「副班長，您小時候有過什麼夢想嗎？」

陶枝轉過頭來想了想：「在我很小的時候，想嫁給殺雞的。」

蔣正勳沒反應過來：「什麼？」

「殺雞的，我小時候家裡條件挺差的，我也不太記得了，反正只要晚餐能吃到肉就很開心，而且我還有一個討厭的弟弟，所以我要分給他吃，」陶枝嫌棄地看了教室另一端睡得正香的季繁一眼，伸出了三根手指，「我五歲的時候就搶不過他，一盤雞翅我只能搶到三個，剩下的都會被這頭豬搶走。」

蔣正勳：「……」

五歲的雞翅大戰妳能記到現在啊！

蔣正勳在心裡默默地想，但他不敢說出口。

「所以我就想嫁給殺雞的，或者我自己開個賣雞的店面，這樣就可以想吃多少就吃多少，不用跟我討厭的弟弟搶雞翅。」陶枝繼續說。

蔣正勳心道，主要是因為妳討厭妳弟弟吧。

他點了點頭贊同道：「也是一個很實在的夢想。」

當他們聊得正起勁的時候，厲雙江的腦袋忽然從江起淮和陶枝身後冒出來：「哎，今天晚上本少爺過生日，你們要不要去啊？」

「你不是在早上的時候就跟我說過了？」蔣正勳慢吞吞地說著，把本子收起來，「不去。」

厲雙江不樂意，瞪著他：「你不去的話，我就把你綁過去。」

蔣正勳：「那還有什麼好說的？」

陶枝轉過頭來：「你今天生日？」

「對啊，」厲雙江說，「我在我們的『正義聯盟』裡說過了，妳沒看到嗎？」

陶枝把那個群組的訊息提醒關掉了，所以沒什麼印象。

「我剛剛打球的時候跟季繁說了，他也會來，」厲雙江半靠在桌子上搖搖晃晃地說，「大哥要來嗎？」

陶枝沒什麼意見：「好啊。」

厲雙江又轉頭，看向江起淮：「淮哥要來嗎？」

江起淮剛要拒絕。

厲雙江皺著眉，一臉嚴肅地說：「淮哥你這樣不行啊，上次團建你就不來，讀書雖然重要，但是課外活動難道就不重要嗎？你作為我們美少——」

眼看他就要把那個白癡的群組名稱說出來，江起淮有點頭痛，趕緊打斷他：「幾點？」

「放學以後，」厲雙江興奮道，「給群組成員一點面子，就這麼說定了。」

厲雙江說完，又飄走去找趙明啟了。

陶枝看看江起淮，壓低了聲音：「我沒看到那個訊息，也沒有準備禮物給他。」

江起淮看了她一眼：「妳覺得我會看？」

陶枝：「你為什麼沒看？我不是幫你把靜音關掉了嗎？」

她說完後就閉嘴了。

江起淮意味深長地看著她。

「幹嘛，」陶枝撓了撓鼻尖，「你不是早就發現了嗎？」

江起淮側了側身：「我是發現了，只是沒想到妳會這麼乾脆地承認。」

「這有什麼不好承認的？」陶枝學著剛才的厲雙江，「你作為我們美少女正義聯盟的成員，的確該合群一點。」

江起淮：「……」

陶枝拍了拍他的肩膀：「我們殿下。」

江起淮沒說話，不知道她又要搞哪一齣。

陶枝故意提高聲音：「美少女正義聯盟的扛壩子！」

江起淮：「……」

厲雙江挑了一間離學校不遠的餐廳來慶祝生日，走過去大概只要十幾分鐘。

厲雙江的人緣很好，呼風喚雨地叫了一大票朋友，一群男生在前面勾肩搭背地聊遊戲和球賽，女孩子跟在後面聊衣服和最新的漫畫和小說。

陶枝咬了顆牛奶糖，跟付惜靈走在後面，一群人浩浩蕩蕩地進了餐廳，厲雙江提前訂好包廂，十幾個人的大圓桌，男女分開來各坐一邊。

陶枝站在門口打了電話跟顧叔叔說一聲，最後才走進去。

進去的時候眾人剛點好菜，桌前已經坐滿聊開了，付惜靈在旁邊幫她留了位子，而右側則是江起淮。

因為是在包廂裡，男生全都肆無忌憚起來，點了一大箱啤酒，分給每個男生一人一瓶。

陶枝跟宋江他們一起出去的時候也經常點酒，她坐在門口的位置，酒箱就在腳下，她隨手打開一瓶，慢悠悠地倒進杯子裡。

沒什麼人注意到她，只有厲雙江朝這邊看過來：「大哥喝酒嗎？」

陶枝捏著酒瓶，眨了眨眼：「怎麼了？」

「沒什麼、沒什麼，女孩子就隨意，不強迫，」厲雙江趕緊說，「大哥的酒量怎麼樣？」

陶枝想了想，嚴謹地說：「不是很好。」

平時的厲雙江看起來大大咧咧，沒想到還挺會照顧女生的。

「但把你們這一桌子的人喝進廁所抱著馬桶吐，應該沒什麼問題。」陶枝繼續說。

「……」

厲雙江朝她抱了抱拳。

在聊天的期間，服務生推門進來上菜。

十六歲左右的男孩子，去食堂盛飯都要裝滿三大勺，胃口大的跟牛一樣，厲雙江點了滿滿一桌子的菜，服務生也一盤一盤地端上來。

陶枝坐的位置就在上菜口旁邊，她每次都要側身讓一讓，撐著柔軟的椅墊往後挪，服務生也陸陸續續地把手裡的菜放到桌上。

付惜靈掃了一眼，「哎」了一聲，說：「姐姐，您好像上錯了，我們只點了一盤可樂雞翅。」

服務生看了一下他們點的菜單：「沒錯啊，兩份可樂雞翅，」她看了江起淮一眼，「這個男生剛剛多加了一盤。」

付惜靈「哦」了一聲，小聲的跟服務生說了句謝謝。

包廂裡亂糟糟的，也沒有人注意到這邊。

陶枝看了江起淮一眼。

這個人從剛才開始就一直安安靜靜的，有人跟他說話他就回，而沒人跟他說話的時候，他就在那裡默不作聲地吃著花生，跟旁邊那一群張牙舞爪，像猴子似的男生形成了對比。

正當陶枝想要問他為什麼多點一份。

江起淮忽然放下筷子，捏著其中一盤可樂雞翅的盤邊往前推了推，拉到陶枝面前。

陶枝愣住了。

瓷白的盤子被拉過來，邊緣撞到啤酒杯的杯壁，發出清脆又微弱的聲響，淹沒在笑聲與說話聲裡。

「吃吧，」江起淮淡聲說，「沒人跟妳搶。」

陶枝還沒反應過來。

她下午和蔣正勳聊到這件事的時候，江起淮全程都沒說過話，甚至連注意力都不在這邊，她以為他根本就沒在聽。

陶枝偷偷環顧四周，發現沒有人注意到這邊。

但包廂裡面一桌子的人，唯獨她面前有一盤完整的雞翅，好像是專屬於她的一樣，讓她覺得有點奇怪。

她慢吞吞地伸出一隻手，稍微把那盤貼在她碗邊的可樂雞翅往前推了推，彆扭地說：

「你不要這麼明顯，好像我很貪吃一樣。」

江起淮挑眉：「妳不是搶不過別人嗎？」

「那都已經是小時候的事情了！」陶枝小聲抗議，「我都已經長這麼大了，誰還會為了那些雞翅打架？」

江起淮看了她一眼，怎麼看都覺得就算十年過去了，她也幹得出這種事情。

他點點頭：「那妳吃不吃？」

一盤雞翅盛在瓷白的淺口盤裡，焦糖色的醬汁色澤誘人，香氣混合甜味與濃郁的鮮美，騰騰熱氣竄上鼻尖，令人食指大動。

點都點了，不吃白不吃。

陶枝慢吞吞地拿起筷子伸過去，把最靠邊的那塊雞翅夾起，然後用碗托著咬了一小口。鮮甜的醬汁混著雞肉嫩滑入口，汁水在口腔裡四溢開來。

陶枝狹長的黑眸也開心地瞇起來，忍不住輕晃了兩下肩膀，像是一隻因為吃到好吃的東西而十分滿足的小貓。

江起淮看著她輕笑了一聲。

他從來沒見過陶枝吃東西的樣子，也是第一次知道，當她吃到喜歡的東西會是這種反應。

他靠在椅子裡看著她：「喜歡雞翅？」

「只要是肉我都喜歡，」陶枝鼓著臉頰把骨頭吐出來，實在地說，「我還喜歡紅燒肉、糖醋排骨和番茄丸子湯。不過我們家的阿姨有自己的想法，做飯都要葷素搭配均衡，也要交替吃。」

陶枝又夾了一塊雞翅，將一端塞進嘴巴裡，滿臉哀怨地含糊道：「我爸爸還規定我們家一週要吃一次素食，他明明都不回來吃飯，苦的還是我。」

江起淮並沒有同情她的可憐遭遇，無情道：「先把東西吃下去再說話。」

陶枝撇撇嘴，繼續專注地跟她的雞翅奮鬥，還順便夾了一塊給旁邊的付惜靈。

陶枝確實是很喜歡吃雞翅。

她一個人吃光了整盤完整的雞翅，在最後留下一整疊排放整齊的骨頭。

直到那盤子裡還剩下最後一個。

陶枝正要夾，猶豫再三後還是從旁邊抽了一雙新的筷子，撕開包裝，夾起了那塊雞翅。

她像做賊一樣，趁江起淮在跟旁邊的人說話時，偷偷摸摸地將其放進他的碗裡。

江起淮用餘光瞥見她的動作，回過頭來。

陶枝還來不及將筷子收回，就被逮了正著，她迅速放下筷子後若無其事地說：「最後一個了。」

江起淮下巴微抬：「不夠吃的話另一盤還有。」

陶枝有些無言：「……我難道是豬嗎？都吃了一整盤了，而且另一盤的雞翅和這個不一樣。」

陶枝指著他碗裡的可樂雞翅，認真道：「這個是我的，我把我的最愛讓給你，這是神聖並且獨一無二的雞翅，意義非凡。」

江起淮目測那塊意義非凡的神聖雞翅，大概是那一盤裡面最小的一個。

這頓飯吃了一半，男生也喝得差不多了，酒量不好的已經陷入迷茫，平時文質彬彬且輕聲細語的蔣正勳，一腳踩在窗臺上，扯著嗓門號了一聲：「同仁們！我今天太高興了！我們老厲今天過生日啊！」

趙明啟在他旁邊直接把一瓶啤酒乾了，拍桌附和道：「過生日啊！」

蔣正勳張開雙臂：「十六歲了啊！可以光明正大去網咖了！」

趙明啟：「去網咖！去網咖！」

付惜靈捧著椰奶糾正道：「十六歲也是不行的，十八才能去網咖。」

厲雙江目瞪口呆：「這兩個哥們兒只不過才喝了兩瓶啤酒就這樣了？蔣正勳你還行嗎？」

蔣正勳轉過頭來：「叫大哥！老子比你大！」

厲雙江：「……」

付惜靈夾了一口涼菜：「喝了酒的蔣正勳還挺氣勢逼人的。」

陶枝在旁邊點了點頭，贊同道：「終於跟他這個名字配上了。」

「季繁的酒量倒是挺好的。」付惜靈說。

陶枝側頭看了一眼旁邊的季繁。

他們兩個從國中的時候就分開了，季繁跟著季槿去了另一個城市，也是在上高中之後才回來進入附中的。

陶枝還真不曉得他的酒量如何，也不知道他在喝了酒以後會變成什麼樣子。

少年難得沒有跟那幫男生一起瘋，老實地坐在自己的位子上，仰著腦袋靠著椅背，面朝著天花板，眼睛眨也不眨地盯著。

他旁邊的男生拍拍他：「繁哥，你還行嗎？在看什麼呢。」

隔了一會兒，季繁才緩慢地說：「我在想。」

男生：「想什麼？」

「天上真的有天使嗎？」季繁恍惚地說。

男生：「……」

季繁看著雪白的天花板，繼續道：「如果真的有天使的話，那天使的胸部很大嗎？」

付惜靈：「……」

陶枝：「……」

一頓飯吃完，趙啟明已經趴下了，蔣正勳在旁邊打扮成超級賽亞人，季繁的病情比剛剛還要更嚴重，拉著旁邊的男生探討著哪個天使的胸部比較大。

女生們結伴去洗手間，厲雙江的酒量倒是還行，跟沒事的人一樣起身去結帳，正當他打開行動支付的條碼，才發現通訊軟體上多了一則轉帳通知。

他在之前加了江起淮好友以後和他聊過幾句，兩人的對話寥寥無幾，此時卻在最底下出現了一則轉帳通知，他愣了愣，先是把帳結完後回到包廂，再搬了一張椅子往江起淮那邊湊過去：「淮哥，你幹嘛轉帳給我啊？」

江起淮指了指陶枝面前的空盤：「因為我多點了一盤雞翅。」

「不夠吃的話就多點一盤啊，沒事。」厲雙江說，「壽星請客是應該的，只不過是一小盤雞翅而已，你還跟我客氣什麼？」

江起淮笑了笑，輕拍他一下：「壽星破費了，但這盤雞翅是我的，收下吧。」

厲雙江還是頭一次見到他笑，有些受寵若驚，他撓了撓腦袋，「哦」了一聲，老老實實地收下了。

雖然江起淮是笑著跟他說的，但不知道為什麼，總覺得如果不收下這筆錢的話，肯定會出大事。

大家陸陸續續走出了餐廳，厲雙江一手扶著趙明啟一手掛著季繁，陶枝早早就傳了訊息給顧叔叔，車子已經停在了餐廳門口。

厲雙江把季繁塞進副駕駛座，起初的季繁還不願意上車，扯著他的手臂不讓他走，被陶枝一巴掌拍開了。

季繁挨揍一下，整個人還有點頭暈，一臉神祕的小聲問她：「枝枝，妳覺得天使是看胸還是看腿？」

陶枝費力地把他伸在外面的腿塞回去：「我他媽看聖經，別發瘋了，趕緊坐回去。」

季繁委屈地坐進去。

陶枝在甩上副駕駛的門後轉過身來，蔣正勳已經扮演起美少女戰士，當街就要脫褲子，想把長褲圍成裙子穿，被旁邊一臉驚恐的男生制止了。

厲雙江被像是章魚一樣的趙明啟扒著，身高將近一百九十公分的體育股長正抱著他嚎啕大哭：「老厲！我命苦啊老厲！我的數學怎麼就他媽的寫不對呢？」

江起淮站在旁邊按手機，在幽暗的光線下，他的五官稜角被手機那明白色的光線襯得朧深刻。

旁邊的厲雙江無情地把趙明啟甩到了一旁，章魚沒有人可以纏了，於是看向旁邊的江起淮。

「淮哥！」趙明啟朝他伸出手，「我他媽命苦啊淮哥！」

江起淮才剛把視線從手機上移開，就看見一個龐然大物朝他衝過來，他下意識往旁邊閃了閃。

趙明啟撲空，腳下虛浮著沒站穩，人直挺挺地倒下去，摔個狗吃屎。

「……」

陶枝看著這一群雞飛狗跳的醉鬼，覺得有些頭痛，她跟厲雙江打聲招呼，把付惜靈送回去以後才回家。

到家的時候，季繁早在副駕上睡著了，顧叔叔把他背出來，張阿姨也開了門。

一看到季繁，張阿姨「哎喲」了一聲：「我的小祖宗們啊，是什麼同學聚會可以喝成這樣？快點進來。」

顧叔叔背著季繁上樓，張阿姨又去廚房泡了兩杯蜂蜜水回來，遞給陶枝一杯：「枝枝沒事吧？」

其實陶枝的酒量也不是很好，才喝了一瓶啤酒就已經有點暈了，但她才剛吹牛說自己能喝垮一桌子的人，為了面子，也是勉強撐到家。

她靠在沙發裡，有些精神不濟地喝了一口水：「我沒事，您上去看看季繁，別讓他吐了。」

張阿姨應了一聲，匆匆上樓去了。

客廳裡安靜了下來，陶枝把水杯放在茶几上，橫躺在沙發裡。

水晶燈晃得人更暈了，她拿起抱枕壓在腦袋上，翻過身子來擋住光線，從外套裡抽出手機，點開厲雙江的對話框，把錢轉了過去。

厲雙江大概過了十幾分鐘後才回覆。

厲雙江：『？』

厲雙江：『不是，大哥，您跟淮哥是怎麼回事？』

陶枝都快睡著了，突然被訊息的聲音震醒，扒著手機看了一眼。

枝枝葡萄：『？』

厲雙江：『您這個也是雞翅錢啊？』

枝枝葡萄：『對啊，今天不是多點了一份？』

厲雙江：『不用給了，淮哥剛剛已經轉給我了，我也收下了，您二位這是在演哪齣呢？

難道壽星還請不起你們一盤雞翅啊？』

陶枝愣了愣。

她退出了聊天畫面，點進那個「美少女正義聯盟」的群組裡。

群組裡有四個成員，江起淮在最後一個，頭貼是一堆散亂的拼圖，陶枝看了老半天也看不懂是什麼意思。

學霸可能都喜歡用這些奇奇怪怪的東西來當頭貼。

她沒有加江起淮好友，這個人從來沒有在任何一個群組裡說過話，陶枝猶豫了一下，還是點進他的頭貼加他好友，順便幫他改了一個名字。

沒等幾分鐘後，手機就傳來了聲響，是江起淮接受了好友邀請。

陶枝點開兩人的對話框後轉帳給他。

美少女扛壩子江起淮：『？』

枝枝葡萄：『雞翅的錢。』

美少女扛壩子江起淮：『不用。』

他不收，陶枝也沒再說什麼，想了想還是問他：『你到家了沒？』

美少女扛壩子江起淮：『還沒，快了。』

陶枝傳了一個「ＯＫ」的貼圖給他。

而江起淮也沒再回覆了。

陶枝退出了聊天畫面，在喝掉半杯蜂蜜水後緩了一下，她也清醒了一點，感覺沒什麼睡意，便開始滑起了亂七八糟的社群軟體。

江起淮到家的時候屋子裡一片安靜。

不到晚上十點，客廳整個都是暗的，只有玄關的地方還留了一盞昏黃的小燈，江起淮回身，輕手輕腳地關上大門，發出「喀噹」的一聲。

主臥室的房門虛掩著，從裡面透出一點點黯淡的光線，江起淮慢慢走過去，推開一點門縫。

只見江爺爺坐在床邊，還沒睡，正戴著一副老花眼鏡看著手裡的書，在聽見聲音後抬起頭來：「阿淮回來了？」

江起淮「嗯」了一聲：「您怎麼還沒睡？」

「這不是在等你嗎？爺爺得給你留盞燈，不然我們阿淮回來家裡的時候，一片黑漆漆的該怎麼辦？」

江爺爺放下書來瞅著他：「聚會好不好玩？」

江起淮應了一聲。

江爺爺把書放在桌上，樂呵呵地說：「阿淮交到新朋友了？」

江起淮垂下眼，睫毛也覆蓋下來，很淺地笑了一下。

「交到朋友就好，我們家阿淮這麼討人喜歡，同學都會喜歡跟你交朋友的，快去洗澡睡覺吧，」江爺爺擺了擺手，「早點休息，明天上課才有精神。」

江起淮輕關上房門，轉身回臥室。

他把書包卸下來放在書桌上，脫掉制服外套，抽出手機丟到床上。

手機瞬間亮起，鎖定螢幕上面擠滿一堆的未讀訊息。

他剛剛沒有看手機，而且也關了提醒，所以沒聽到。

江起淮把制服隨手搭在椅背上，走到床邊抓起手機，滑開看了一眼，全都是同一個人傳給他的新聞網址。

枝枝葡萄：『注意這幾個訊號：如果你身邊有人這四點全中，那麼可能是孤僻型反社會人格。』

枝枝葡萄：『學生時代最忌諱的五件事，第一名的竟然是——』

枝枝葡萄：『學霸擇偶標準——揚言非清華北大美女不娶，最終單身五十年無人願嫁。』

枝枝葡萄：『奇聞！某高中七百分以上的高分學霸，成年後竟去工地搬磚頭。』

枝枝葡萄：『震驚！沿江高中少年拒絕女生求愛，理由「妳成績太差」，三天後突然因病猝死，曝屍街頭！』

江起淮：「？」

第八章　被誘哄背書

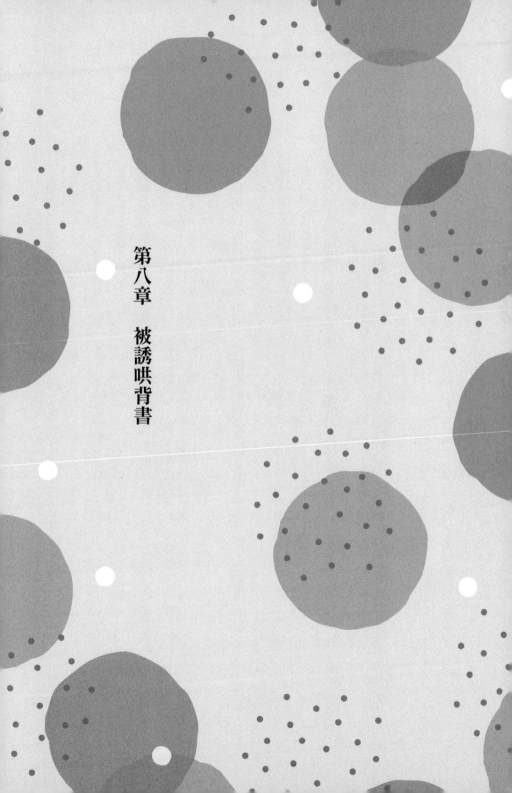

月光順著木窗灑進臥室，調低亮度的手機螢幕光線看起來有些微弱。

江起淮靜了靜，點開第二個網址。

『學生時代最忌諱的五件事，第一名的竟然是——』

『第一名：眼高手低。』

『筆者發現最近不只社會上，就連高中男生也普遍存在這個問題，那就是「眼高手低」。在感情中，自己喜歡的人不喜歡他，又覺得喜歡他的女生哪裡都不好，配不上他，於是不停地要求女性進步，達到自己的標準，以滿足自己的——』

江起淮眉心一跳，把這篇新聞給關上了。

他沒想到自己當時隨口說的一句拒絕，現在已經被陶枝上升到了這個高度。

居然還有人發這種廢文？

這他媽的是她自己現寫的吧。

陶枝昨天晚上是在沙發上睡著的，醒來的時候已經凌晨五點。

沙發墊柔軟得能讓人整個陷進去，她睡得肩膀有些痠痛，房間裡還開著空調，或許是因為乾燥的關係，她渴得喉嚨冒煙，摸著嗓子坐起來。

大概是因為她在昨晚的時候，把自己整個埋進沙發靠墊裡，所以張阿姨才沒有發現她還在客廳，直接把燈全關上了，整個一樓靜悄悄的。

陶枝坐起身來，揉了揉痠脹的後頸，一口氣喝光茶几上那已經涼透的半杯蜂蜜水。

稍微緩和後，陶枝上樓回房間洗了澡，躺在床上翻滾一陣子，已經沒了睏意。

她從桌邊摸起手機後滑開解鎖。

手機上的畫面還停留在和江起淮的對話框裡，內容是陶枝之前傳給他的新聞網址，結果還沒等到回覆，就抓著手機睡著了，滑開後才發現這個人居然回應了。

美少女扛壩子江起淮：『？』

陶枝：「？」

枝枝葡萄：『？』

她以為江起淮正在睡覺，結果沒幾分鐘，訊息提示聲又「叮咚」一響。

美少女扛壩子江起淮：『？』

枝枝葡萄：『？』

枝枝葡萄：『你不會到現在都還沒睡吧？』

美少女扛壩子江起淮：『醒了。』

陶枝看了時鐘一眼，不到六點。

這個人真的不需要睡眠嗎？

枝枝葡萄：『你這麼早起？』

江起淮這回沒說話，直接傳了一張照片給她。

照片上有做到一半的物理試卷，檯燈的光線昏暗，混著外面半亮的天光，邊緣還露出他握著筆的手。

這時的陶枝才想到還有作業這回事。

昨天玩得太晚，她早就忘記了。

反正也睡不著了，她索性翻身下床，把燈打開後坐到書桌前，將一旁的書包拉鍊拉開，從裡面抽出課本和試卷。

陶枝拿起手機，認真地辨認了一下那張照片上模模糊糊的字跡，然後放棄了。

枝枝葡萄：『你就不能拍得清楚一點嗎？』

江起淮明白了他的意思。

他過了老半天都沒說話，似乎是有點無言，就在陶枝等到快不耐煩的時候，他又傳了一張照片過來。

還是剛剛的物理試卷，這次清楚很多。

陶枝把那張照片點開放大，一題一題地抄了起來。

才剛抄完選擇題，訊息的提示音再次響起，江起淮又傳了好幾張照片過來。

陶枝一張一張地點開來看。

除了物理試卷以外，數學、英文，還有兩章生物習作的解答。

美少女扛壩子江起淮：『國文還沒寫。』

陶枝眨了眨眼，忽然覺得有些不自在。

和江起淮在昨晚多點了一盤雞翅給她的時候一樣，她只說了一句話，他就明白了一切，而此時此刻也是。

就好像兩個人本來是勢均力敵、一來一往的對手關係，但他突然很莫名的，慢慢後退了兩步，然後在不經意間，輕輕地踩到某種柔軟的東西。

讓她整個人都跟著往下陷。

陶枝沒回覆，飛快地把他傳過來的試卷和習作的答案都抄完了，然後看了一下時間。

才剛過六點。

她捏了捏自己的耳朵，又抓了抓鼻尖，再三猶豫後拿起手機。

臥室裡明明只有她一個人，卻不知道怎麼了，莫名地坐直身子，慢吞吞地打字。

枝枝葡萄：『要不要出來吃個早餐？我請你。』

美少女扛壩子江起淮：『？』

陶枝也不知道自己是怎麼了，只是在看到這個問號後一陣心虛，連忙補充道：『不是還欠你一盤雞翅嗎？回禮。』

對面沉默了一下。

美少女扛壩子江起淮：『要去哪裡？』

陶枝鬆了口氣，迅速地告訴他地址，然後把作業塞回書包裡，起身換衣服。

她像做賊似的打開臥室門，躡手躡腳地走下樓，才發現張阿姨早就在廚房裡準備早餐了

聽見聲音後她回過頭來，有些驚訝：「枝枝起的這麼早？不舒服嗎？」

「沒有、沒有，只是在醒來以後就睡不著了。」陶枝說。

「好，」張阿姨點點頭，「那妳要不要再上去躺一下，早餐還沒準備好，我也是剛起床呢。」

陶枝擺擺手走到門口：「沒事，我跟同學約好要去吃早餐。」

張阿姨擦了擦手走過來：「妳跟老顧說了嗎？」

「還沒，」陶枝穿上鞋，「我自己過去就好了，您等一下幫我跟顧叔叔說一聲吧。」

張阿姨：「好，注意安全，把外套拉好，這個時間的外面還很冷。」

陶枝點了點頭，走出了家門。

初秋的清晨沉澱了一夜的寒氣，風也帶著冷意，陶枝不知道這個時間有沒有公車或捷運，也不曉得該怎麼坐，直接叫了一輛計程車過去。

陶枝挑了一家二十四小時營業的生滾粥店鋪，不僅價格實惠，離學校的距離也不遠，她到的時候江起淮已經到了，少年的身形修長，挺拔地站在晨霧中，背著書包低垂著頭。

陶枝小跑過去，才剛走到一半的時候，江起淮就已經抬起頭了。

他看起來像剛洗過澡一樣，漆黑的短髮還沒完全乾透，柔軟的瀏海垂在眉角額間，桃花眼半垂著，眸光沉沉，看起來比平時多了幾分鬆散和隨性。

陶枝跑過去，小口小口地喘著氣：「你怎麼這麼快？」

「剛到。」江起淮開口，聲音裡帶著一絲慵懶。

一陣冷風襲來，陶枝縮了縮脖子，先推開店門：「走，我喜歡這家的鮮蝦腸粉。」

江起淮跟在她後面進去。

時間還早，這時候的店內只坐著零星幾個顧客，店面不大，有著窄小的雙層樓，原木色調的裝潢看起來十分精緻，空氣中瀰漫著溫暖的香氣，驅散了不少在室外染上的寒氣。

陶枝挑了一個靠窗的位子，服務生也把菜單遞給他們。

陶枝點了一碗鮮蝦生滾粥，又點了幾份副餐和點心，爾後看向江起淮：「你沒什麼忌口的吧？」

江起淮撐著下巴：「海鮮過敏。」

陶枝「啊」了一聲：「我點了海鮮粥……」

江起淮一頓，看著她：「妳還怕我搶妳的粥？」

他說這句話的時候有點散漫，尾音輕緩。

跟平時很不一樣。

是還沒睡醒嗎？

陶枝看著他。

江起淮：「怎麼了。」

「沒什麼，」陶枝搖搖頭後想了一下，最終還是把鮮蝦腸粉換成了牛肉腸粉。

服務生很快就把早餐送上桌，熱騰騰的生滾粥冒著香氣，海鮮的鮮美跟著瀰漫上來，小巧的竹籠裡裝著豆豉鳳爪和蒸排骨，蝦餃皇晶瑩剔透，奶黃包也被捏成小豬的形狀，拱著鼻子胖嘟嘟地擠在一起。

陶枝夾了一顆蝦餃皇塞進嘴巴裡，之後將那一籠移到自己旁邊，警惕地看了江起淮一眼。

江起淮覺得有些好笑：「我又不吃。」

陶枝鼓著雙頰含糊地說，「萬一你禁不住誘惑怎麼辦？我可不想請個早餐把你請到醫院。」

江起淮：「把東西吞下去再說話。」

「……」

陶枝把嘴裡的食物咽下去，指責他：「冷漠。」

江起淮沒理她，安靜地喝著粥。

陶枝又夾了一塊鳳爪放在小碟子裡：「所以你國文寫完了嗎？」

「嗯，」江起淮抬眼，「妳沒寫？」

陶枝理所當然地說：「你沒有傳照片給我啊。」

江起淮：「……」

他頓了頓：「妳就不能自己寫一科？」

陶枝大大方方：「我不會，那些古詩詞我看都沒看過。」

「下週末就要月考了。」江起淮提醒她，「副班長這次打算考幾分？」

「你看看，是不是老毛病又犯了？」陶枝拿著筷子，隔空朝他點了一下，「你有沒有看我昨天傳給你的新聞？」

江起淮：「沒看。」

「你怎麼連看都不看啊，」陶枝皺著眉埋怨他，「那可都是老子我精挑細選出來的，我挑了好久呢，年輕人要聽得進去別人的建議，忠言逆耳，懂不懂？」

江起淮點點頭：「那我建議妳的作業還是自己做，不然到時候月考還考不過妳弟弟。」

他拿數學只考了九分的季繁來舉例，陶枝變得不悅。

江起淮慢悠悠地夾了塊排骨，把她剛剛說的話還給她：「忠言逆耳。」

服務生站在旁邊，往這邊看了幾眼。

少年和少女穿著實驗一中的制服，長相都很出眾，非常亮眼。

其中一個服務生小聲地跟旁邊的人說：「你看那邊那對小情侶，郎才女貌。」

另一個人點點頭：「天生一對。」

他們站得很遠，只隱約聽見月考還有成績什麼的：「吃個早餐還不忘聊課業，有前途。」

「天造地設。」

陶枝不知道她現在在服務生眼裡，已經擁有「那一對學霸小情侶裡的漂亮妹妹」的人設了。

她和江起淮一邊鬥嘴一邊吃完這頓早餐，看了一下時間，也才七點多。

她掃了桌邊的條碼結帳後，和江起淮一起往學校的方向走去。

從這邊走到實驗一中大概要十分鐘左右，他們來得早，也不著急，慢悠悠地沿著路邊往前走。

陶枝本來就怕冷，凍得不想說話，將制服外套的拉鍊拉到最上頭，把整個下巴藏進去，安安靜靜地往前走。

在快要接近校門口的時候，陶枝突然聽見身後傳來一陣急促的腳步聲。

她側了側頭。

厲雙江在後面猛跑，像風一樣地竄過來，跑到旁邊的時候因為速度太快，差點沒踩住煞車，往前趔趄好幾下才停住。

「雖然剛才隔著一條街，但我從很遠的地方就認出是你們兩個了，」厲雙江氣喘吁吁地說，「季繁呢？」

陶枝抬了抬下巴，把嘴巴露出來：「昨天喝多了，不知道現在起床了沒。你今天怎麼來的這麼早？」

「還不是因為昨天沒寫作業，所以想早點來補，」厲雙江說著，轉頭看向江起淮，「淮哥昨天還好吧？」

江起淮「嗯」了一聲。

厲雙江點點頭，才剛要繼續往前衝，又瞬間停下腳步。

他終於後知後覺地反應過來，先是看了看陶枝，又轉過頭來看向江起淮。

厲雙江一臉疑惑地問：「你們兩個今天怎麼一起來上學呢？」

陶枝和江起淮同時頓了一下。

明明也沒有什麼不對勁，但是被他這麼一說，又覺得有種莫名其妙的彆扭。

「一起吃了早餐，」陶枝在原地跳了兩下，冷到縮起脖子，「去西門前面的那家生滾粥店。」

「哦！那家味道還不錯啊，腸粉也很好吃。」厲雙江的注意力立刻就被分散了，他擺了擺手，「那我先進教室了，我去看看照明器和老蔣他們來了沒。」

陶枝看著他往前跑，鬆了口氣，用餘光偷偷瞥了江起淮一眼。

一頓早餐吃完後，他身上那股有點懶散的睏勁已經褪去了，整個人又變回一副高冷的樣子。

因為剛才的彆扭感，陶枝沒有再跟江起淮說話，兩人沉默地往教學大樓走去。

七點一刻不到，學校裡還沒什麼人，直到上了三樓，陶枝在遠遠的地方就聽見厲雙江的哀號聲。

她走到教室門口後，發現一班的人倒是不少，昨天那群醉鬼，現在個個都在座位上奮筆疾書，趙明啟雙手各拿一支筆，連眼睛都不抬一下，忙得滿頭大汗。

看到江起淮進來，他也顧不上學霸拒人於千里之外的冷漠氣壓，不要命地衝過來叫了一聲：「淮哥！」

江起淮走到座位旁邊，抬眼。

「淮哥寫作業了嗎？」趙明啟一臉期待地看著他。

江起淮沒說話，直接站著拉開書包拉鍊，把一疊包含各個科目的試卷和習作全遞給他。

趙明啟歡呼一聲，飛快地跑回座位上，幾個人就跟餓狼搶食一樣衝過去，前前後後地圍了一圈。

陶枝好笑地看了他一眼後回到座位上，她拉開書包，思考了一下，還是抽出了國文習作，然後慢吞吞地從抽屜裡摸出了一支中性筆。

她翻開習作，開始看起題目。

她確實已經很久都沒有靠自己去完成一科作業了。

陶枝也不知道自己到底是因為季繁來了，讓她覺得作為姐姐的總不能連弟弟的成績都不如，還是因為江起淮的那一句：妳就不能自己寫一科作業嗎？

之前有不少人都念叨過她關於成績的事情，一直到後來連老師和老陶都放棄了，雖然他們這個年紀仍處於用成績來說話的時期，但陶枝也並不覺得自己這樣有什麼不好。

她隱約地覺得自己產生了一些很細微的變化。

長久以來被封印，關於成績上的那顆自尊心突然蠢蠢欲動起來。

但陶枝找不到令她動搖的源頭。

她正握著筆，有些出神，突然感覺到腦袋像是被什麼東西給輕輕敲了一下。

陶枝回過頭去。

江起淮拿著一本國文習作懸在她腦袋上，看見他轉過來後將身子低了低，攤著一張臉把東西遞給她。

陶枝愣了愣：「這什麼？」

「國文。」

陶枝還沒反應過來。

江起淮平淡道：「抄、還是不抄？」

陶枝看向那群正在表演餓狼撲食的厲雙江等人：「你不是把作業都給他們了嗎？」

江起淮將手裡的習作放下：「妳不是還沒寫國文嗎？」

陶枝安靜地盯著那本習作幾秒，突然捂住自己的胸口。

江起淮看著她。

「怎麼辦，」陶枝皺著眉說，「溫柔的殿下讓人好心動。」

江起淮：「……」

「別演了。」江起淮面無表情地說。

陶枝撇嘴，非常闊氣地朝他擺了擺手：「我拒絕，老子今天要自己寫國文作業。」

語畢，她轉了過去，認真地看起題目。

第一題，下列哪一個詞彙的注音有誤？

陶枝：「……」

她看著下面一排排的難字，有些糾結。

感覺A和C都對。

她摳了摳指甲，猶豫了一下，還是慢吞吞地抱著習作轉過身去了。

江起淮在聽見動靜後抬頭看向她，挑了挑眉。

那表情好像是在說：妳不是說要自己寫嗎？

陶枝清了清嗓子，把習作平放在他的桌子上，用筆尖指著其中一個她不確定的難字，小聲問他：「這個注音對嗎……」

江起淮的唇角勾了一瞬：「錯的。」

陶枝「哦」了一聲，猶豫了一下便選了C。

她選完，又抬起頭來看他。

「別看我，看題目，自己寫。」殿下靠著椅背，無情地說。

陶枝鼓了鼓臉頰，繼續往下看題目。

國文和數理之類的科目不太一樣，物理就是，如果不認真聽講就真的一點都搞不懂，而國文除非是基礎非常、非常差，不然多少都還能寫一點。

陶枝把幾題做完後，直接投入進去了。

江起淮看著她。

女孩側著身子趴在他的書桌上，筆的末端抵著下巴，長長的睫毛低垂，嘴唇輕輕抿起，幾縷碎髮散下後貼著白皙的脖頸，看起來專注又認真。

寫到古詩詞的填空題時，大概是因為沒有背過，她皺了皺眉，糾結地咬著下唇，過了老半天都沒有動筆。

「以爾車來，以我賄遷。」江起淮突然說。

陶枝抬起雙眼。

她有一雙很漂亮的眼睛，除了有黑漆漆的瞳仁，還有濃密得像小刷子的睫毛，眼型狹長，眼尾微微挑起，勾出幾分媚氣和攻擊性。

那雙黑眸明亮乾淨，帶著不染纖塵的純粹感，彷彿能淨化世間所有罪孽。

江起淮看著那雙眼睛，聲線低冷，緩慢地說：「你用車來迎娶，我帶上嫁妝嫁給你。」

清晨的風鼓起淡藍色的窗簾，教室的一端吵吵嚷嚷，另一端卻一片靜謐。

陶枝覺得自己的心跳漏了一拍。

兩個人對視著，彷彿度過了一個世紀，又好像只過了幾秒，陶枝反應過來，他只是在翻譯這句古詩的意思。

她眨了眨眼睛，將後半句寫下來，腦裡不受控制地盤旋著少年剛剛說出的話，以及這四個字的意思。

——我帶上嫁妝嫁給你。

筆尖頓了頓，停掉的心臟也開始重新跳動，然後一下一下，一聲一聲，波濤洶湧般愈演愈烈。

陶枝沒來由的有點慌，她覺得自己好像有哪裡不對勁，需要制止一下，清醒一點。

她選擇她最拿手的辦法。

陶枝偷偷地把沒拿筆的那隻手縮到桌下，然後對著自己的肚子無聲地抱怨一下。

她早餐本來就吃得有點多，這麼一拳下去，胃裡的食物都在攪動。

「嘔。」陶枝忍不住乾嘔一聲。

靜謐就這麼被打破。

江起淮：「……」

陶枝：「……」

陶枝費力地寫完國文習作時，教室另一邊的厲雙江他們也剛好雞飛狗跳地抄完了作業。

教室裡的人已經來得差不多了，厲雙江把江起淮的作業抱回來還給他，還順便抱了抱拳：「淮哥，大恩大德吾等無以為報，以後有什麼吩咐您儘管說。」

江起淮還沒說話，陶枝就抱著寫完的習作轉過去，拍了一下他的手臂：「老王來了。」

厲雙江飛速地竄回座位上。

在週休二日前的最後一天課，所有人的狀態都有些懈怠，就連注意力和專注度都降了幾分。

付惜靈昨天也有點晚睡，精神不太集中，撐著腦袋偷偷打了個哈欠。

季繁直接沒來。

陶枝憑藉著自己的實力寫完一科作業，這種感覺對她來說實在是太久違了，導致她一整個上午都很快樂，明明只睡了幾個小時，也不覺得睏，精神煥發地上了幾節課。

國文課時，陶枝就老老實實地用紅筆跟著對答案。

沒過幾題就會被紅筆畫上一道改成正確答案，雖然江起淮有從旁協助她，但還是和她平時抄來的正確率相差甚遠。

答案對完，陶枝邊翻頁邊欣賞，覺得這個正確率對於她來說已經很厲害了。

陶枝對自己十分滿意。

下課鐘一響，她就迫不及待地抱著習作轉過頭去，想要跟江起淮分享：「殿下！」

物理小老師幾乎同時喊了一聲：「淮哥！」

陶枝把話吞回。

「老王找你，好像是因為物理競賽的事。」物理小老師說。

江起淮點點頭站起身，看了陶枝一眼。

陶枝朝他做出了一個「請」的手勢。

江起淮離開教室。

陶枝又抱著習作轉過身，指尖在本子上敲了幾下，直到下一節課開始，王二抱著試卷走進教室，江起淮都沒有回來。

王二作為實驗一中著名的王氏雙煞一員，細心程度能跟王褶子一較高下，不會放過任何一個旮旯。他站在講臺上環視一圈，喊了一聲：「副班長。」

陶枝抬起頭來。

「妳後面的同學呢？」王二問。

「被物理老師叫過去了。」陶枝說。

王二點點頭，又問：「季繁呢？」

陶枝實在太熟悉這種事了。

她跟宋江同班時候，彼此都會常常幫對方打掩護。

「他早上拉肚子拉到脫水了，躺在地上起不來。」陶枝臉不紅、氣不喘地說。

王二擺了擺手：「好，那我們就先上課吧，昨天我看了你們的作業，發現你們普遍寫得挺好啊，趙明啟——你對一半錯一半的氣勢到哪裡去了？準確率這麼高，生怕別人不知道你是用抄的是吧？你好歹抄錯兩題啊。」

趙明啟心虛地撓了撓臉。

王二輪流罵了一圈以後，江起淮從後門回來了。

陶枝又開始蠢蠢欲動，她從抽屜裡掏出國文習作，才剛要轉過去跟他炫耀，後門又被人胡亂敲了兩下。

季繁拖著書包走進來。

他宿醉之後的臉色不怎麼好看，還有些迷糊，一眼就知道是剛睡醒沒多久的狀態。

王二轉過頭去：「你怎麼不等我下課再來呢？」

季繁站在前面拍了拍臉，啞著嗓子扯著歪七扭八的謊：「老師，我闌尾痛，剛從醫院回來。」

王二：「……」

陶枝：「……」

陶枝千算萬算也沒想到季繁會在這時候進教室，本來想等等再跟他串通一下，結果還來不及傳訊息給他，他就把自己當靶子送出去了。

王二點了點頭：「闌尾炎啊。」

季繁也點了點頭。

「那醫生有沒有跟你說，闌尾炎會拉肚子拉到脫水？」王二繼續說。

季繁一臉迷茫：「不可能吧？」

王二氣笑了，指著門外：「給我出去站著，等我下課再跟你好好聊聊。」

季繁一臉莫名地出去了。

「副班長，」王二又叫了一聲，「妳出去陪陪他。」

陶枝：「我？」

「我什麼我？說的就是妳，」王二說，「你們兩個還挺團結的啊，睡懶覺還幫打掩護？妳什麼時候弄清楚闌尾炎會不會拉肚子，就什麼時候再進來。」

「……」

陶枝認命地扯了一本本子，又摸出一支筆，慢吞吞地出去了。

季繁正靠在牆邊玩手機，看見她出來後樂了：「妳是怎麼回事啊？」

陶枝一臉不滿：「我為什麼要陪你出來罰站？你自己曠課還要連累我？」

「那妳早上怎麼自己先走了？」季繁說，「我都還來不及抱怨。」

陶枝懶得理他，她今天心情很好，即使被季繁拖累出來罰站，也沒能影響到她雀躍的心情。

她走到旁邊站著，從外套裡摸出手機，傳了好幾則訊息給江起淮。

學霸在上課的時候從來都不會看手機，等了一陣子，江起淮也沒回。

陶枝把本子翻開後擱在窗戶上，快速地寫下幾個字。

教室靠走廊的那一側牆是有窗戶的，前後方各開一扇，通常是王褶子用來偷偷監視學生用的，看他們在上別堂課的時候有沒有專心聽講。

靠近後門的那扇窗，剛好就開在江起淮和季繁的位置。

陶枝抵著玻璃寫了一下，然後輕輕地把筆記本拍在窗戶上。

付惜靈在聽見後朝她看了一眼，然後輕拍一下江起淮的桌子。

江起淮看過去。

付惜靈朝上指了指。

江起淮看見陶枝用腦袋抵著筆記本，本子上面有用中性筆寫下的字，大概是怕他看不清楚，她還來來回回地描了幾遍，加粗筆畫。

上面大大地寫了兩個字——殿下！

江起淮：「……」

陶枝等了五秒，把本子拿下來，見他抬頭看著就繼續寫，然後再次貼上玻璃窗。

——我好開心啊！

陶枝又把筆記本拿下去寫字。

窗戶有點高，她寫得有些吃力，拿著筆記本的手也有點酸，她用臉抵著，大大的雙開頁筆記本幾乎把她整張臉都遮住了。

——我國文只錯了十九題！

江起淮忍不住彎了彎嘴角。

陶枝第四次拉下本子，又開始寫些什麼。

王二終於注意到這邊的動作，他若無其事地繼續講課，拿著書慢悠悠地走過來。

江起淮往前瞥了一眼，然後把視線從窗戶移回了課本上。

但陶枝不知道，她沒有往裡面看，只是聽著從教室裡傳出來的講課聲，以為裡面一切安全。

她寫完，再一次把筆記本貼到窗戶上。

王二已經走到江起淮的桌前。

窗外的少女用額頭抵著筆記本，上面還寫著「你看一下手機」的六個大字，後面還帶著三個巨大的驚嘆號，字裡行間都洋溢著喜悅。

王二講課的聲音終於停下了。

陶枝頂著筆記本等了一會兒，終於察覺到教室裡的講課聲消失了。

她從筆記本上方探出一雙眼睛，好奇地往裡面看。

王二一手拿著書，一手敲了敲江起淮的桌角：「江起淮。」

江起淮嘆了口氣。

「你同事在外面叫你看手機呢。」王二和藹地說。

陶枝在看見王二走過來的時候，第一時間把本子拉下去了。

女孩整張臉都被遮得嚴嚴實實的，只露出一雙眼，在被抓包後瞬間露出了一個驚慌的表情，整個人直接竄下去，從窗戶中消失了。

王二看著覺得好笑，轉過頭來繼續問江起淮：「手機呢？」

江起淮從書包側袋裡拿出手機遞給王二。

王二捏在手裡擺弄了兩下：「沒開機啊？我們班長就是不一樣，上課不玩手機，也不會傳訊息聊天，靠傳小紙條維持同事關係？」

厲雙江憋笑著。

「你們兩個坐在前後桌傳傳也就算了，她都已經站到外面了，你們還能繼續傳？有什麼事情這麼緊急？革命友誼十分堅定啊。」王二繼續說。

厲雙江憋不住了，噗哧一下笑出聲來。

「好了，也別捨不得，只不過隔了間教室而已，搞得像是生離死別，」王二擺擺手，「出去陪你同事站著吧。」

江起淮：「……」

江起淮隨手從桌上抽了一本課本，然後起身走出去。

他一出班級門就看到陶枝蹲在牆邊，懷裡還抱著一本筆記本，無精打采地垂著腦袋。

聽見聲音後她抬起頭來，露出了有點心虛的微笑：「來了？」

江起淮：「……」

季繁蹲在另一邊，似乎對江起淮被陶枝連累的這件事感到很滿意，頭一次樂呵呵地看著他：「三缺一啊，再來一個就可以打麻將了，老厲呢？趕緊去叫他別上課了。」

陶枝討好地往旁邊跳了跳，讓出一點罰站的寶地給江起淮，然後迫不及待地問：「我傳給你的紙條，你看見了嗎？」

江起淮低垂著眼：「看見了。」

「我只錯了十九題！」陶枝壓低了聲音，有些興奮地說，「我可以及格！」

「國文拿個基礎分很簡單，還剩一週也來得及，」江起淮把手裡的課本捲起，輕敲了一下她的頭，「拿去背。」

陶枝不滿地捂著腦袋，來不及跟他計較，把書扯過來後問他：「這是什麼？」

「國文課本？」陶枝在翻開後隨意看了兩眼，「怎麼可能在一週之內背完這麼多東西？」

江起淮跟著蹲下來，從她手裡接過書，又朝她伸出手來。

少年的手乾淨修長，骨節分明，掌紋很乾淨，手指微曲著向前伸去，帶著幾分的散漫和隨意。

陶枝沒反應過來：「嗯？」

江起淮略曲著手指，勾了勾：「筆給我。」

陶枝把手裡的筆遞過去。

江起淮打開課本，翻到第一篇古詩，筆尖掃過一行行的字，然後在有些句子的下面畫了一道。

他速度很快，幾乎就是掃一眼的工夫，手下的筆也沒有停過，沒過多久他就挑揀完一篇，又翻到另一篇。

「基本上，這些句子都是重點，默寫一般都會從這個範圍裡出，妳來不及把全部背完的話，就先把這些句子默背下來，」江起淮一邊畫一邊說，「不能只有背，也要會寫那些難字。」

陶枝看著他，沒說話。

江起淮抽空瞥了她一眼：「幹什麼？」

「沒什麼，我在想，」陶枝慢吞吞地說，「你為什麼突然要我背這些東西？」

江起淮垂著眼：「妳想不想挑戰看看，下次只錯十五題？」

陶枝噎了一下。

「都背下來的話，可能只錯十題。」江起淮低聲誘惑她。

陶枝：「……」

她有些心動了。

她已經很久沒體會過，那種看著考卷上的紅筆字跡逐漸減少的愉悅感了。

「好吧，」陶枝撐著下巴道，「那你快點畫，我背東西的速度很慢。」

江起淮用了半節課的時間，在自己的國文課本上，幫她把所有的重點句子都畫了一遍

直到下課鐘聲響起，季繁被王二拎著耳朵拽走了，陶枝和江起淮因為罪不至此，而且江起淮的手機連開都沒開，王二只把陶枝的手機給沒收了。

在回到教室後，陶枝看著江起淮安全躺在桌面上的手機，不服道：「為什麼王二只沒收了我的手機？」

付惜靈回過頭來，小聲說：「可能是因為他成績好？」

陶枝怒了。

她在學校的漫長時光中，只有手機能陪著她度過一節又一節課，結果現在連手機都被沒

收了，她也失去了唯一的夥伴。

陶枝看著江起淮重新把手機丟進書包裡，憤恨地說：「成績好有特權嗎？」

付惜靈點點頭：「成績好就是有特權啊，妳要是能考年級第一，妳就可以去王老師的辦公室，把成績單拍在他桌子上命令他，」付惜靈清了清嗓子，趾高氣揚地說，「把我的手機還給我！」

她的聲音有點大，坐在後面的江起淮也看了她一眼。

付惜靈臉紅了，瞬間捂住嘴巴縮成一團。

陶枝也很委屈，明明她和江起淮都犯了錯。

雖然是她主動的，而江起淮還是個被害者。

但陶枝的心情還是難以平靜，王二沒把她的手機沒收也就算了，還偏偏只有她自己的被拿走。

陶枝轉過身來，撐著腦袋命令道：「你把手機拿去給王二，讓他也沒收你的。」

「……」

江起淮用「妳在開什麼玩笑」的眼神看著她。

「那你去找王二，把我的手機要回來。」陶枝任性地說。

江起淮重新低下頭，在英文單字底下畫線：「自己去要。」

陶枝委屈地癟癟嘴，肩膀往下一塌：「殿下，我手機沒了，我才剛儲值了五十萬的歡樂豆來打麻將，我現在沒有麻將可以打了。」

「沒了正好，」江起淮頭都不抬，「這個禮拜把妳的國文背完。」

他畫完了最後一排單字，把英文課本闔上後遞給她。

陶枝眨了眨眼，接過來：「幹什麼。」

「重點單字和基礎詞彙。」

陶枝翻開看了兩眼，表情有些凝固：「你不會覺得我一個禮拜能看完這些吧？」

「沒指望妳背完，」江起淮放下筆，身子往後靠了靠，活動一下因為長時間握筆而有些痠麻的指關節，「能看多少是多少。」

陶枝在皺完眉頭後，鼻子也跟著皺了皺，挑剔地翻著英文課本，過了老半天都沒說話。

就在江起淮以為她會把五官全部皺一遍的時候，陶枝才終於抬起頭：「我把這些單字都看完的話，能考年級第一嗎？」

江起淮揚眉：「志向這麼遠大？」

陶枝哀怨地看著他，幽幽地說：「畢竟年級第一可以不被老師沒收手機。」

「……」

江起淮風輕雲淡地說：「只要有我在，就輪不到妳。」

他說這句話時的語氣再平常不過，一副理所當然的樣子。

陶枝忍不住翻了個白眼。

又開始囂張了。

第九章　獎勵小朋友

週五的最後一節課是班會。

王褶子在最後採用蔣正勳提出的主題，只是在最後加了一個小小的互動環節，發給每個人一個信封，分別在兩張紙上寫下自己六歲時的夢想，以及現在的夢想。

將紙塞進信封裡，然後封死保存好，不可以拆開來看，當做送給未來的自己的一封信。

陶枝小時候的夢想是嫁給殺雞的這件事，不知道知道為什麼被班裡一半以上的人給知道了，陶枝合理懷疑是蔣正勳在喝醉之後說出去的。

寫信的時候，厲雙江還特地轉過來，笑嘻嘻地叫她：「老大，妳現在會想嫁給殺雞的嗎？」

陶枝面無表情地看著他：「好大的膽子，你竟然敢嘲笑你老大？」

「是小人冒犯了。」厲雙江恭恭敬敬地低下頭，轉過去了。

陶枝用筆的末端戳著下巴，撐著腦袋有些走神。

因為沒了手機，所以她一整個下午都沒什麼精神。

她是個及時行樂的人，只要現在開心就好了，對未來沒什麼規劃。

沒什麼喜歡的事情，沒有偏愛，也沒什麼想從事的行業。

非要說的話倒是有一個，是今天下午才冒出來的想法，她想當年級第一把手機要回來。

陶枝垂下眼，她的筆記紙下面墊著兩本書，在重點知識底下有著用黑色中性筆畫出來的標注。

陶枝有些恍神，直到王褶子的聲音在講臺上響起她才回過神來，用筆尖在紙上點了點，隨手寫了一行字上去。

陶枝把兩張筆記紙折好，塞進信封裡然後封上，隨手夾在下面的那本英文課本裡。

等到整個班級裡的人都差不多寫好之後，王褶子看了時間一眼，提早十分鐘讓他們放學。

陶枝還惦記著她的手機，王褶子一聲令下，她把書塞進書包後立刻衝出教室。

數學辦公室在二樓的樓梯口，陶枝背著書包停在門口，扒著門框往裡面看。

辦公室裡面只有幾個老師在，王二的桌子前面沒人，但東西都還沒收拾，應該還在上課。

陶枝在門口等了一陣子，順便在腦內演練了一下，等等該怎麼賣慘把手機要回來。

她正靠著牆搖頭晃腦地想著，前面的陰影突然一晃，頭頂上方傳出一道聲音。

「等誰呢。」

陶枝抬起頭來。

江起淮站在她面前看著他。

教學大樓走廊的昏黃光線，全被他遮擋的嚴嚴實實，少年逆著光，五官都隱匿在陰影裡，睫毛在眼尾勾勒出長而深的輪廓，淺色的瞳仁因為燈光的原因看起來深得發黑。

陶枝再次被美色誘惑了兩秒，爾後才開口：「等王二，我想把手機要回來。」

江起淮點點頭：「英文背完了嗎？」

陶枝現在心裡全想著等等要怎麼跟王二賣慘，沒有心情考慮英文的事情，她看著走廊那頭，焦急等著王二下課回辦公室，心不在焉地說：「沒有，那麼多我怎麼可能只花一個下午就看完。」

江起淮將手揣進制服外套的口袋裡，用修長的手指捏出了一部銀白色的手機，在她眼前晃了晃。

陶枝的視線頓了一下，呆住了。

是她的手機。

她開學才剛買的，是最新型號的手機。

擁有五十萬歡樂豆的手機。

陶枝呆滯地看著江起淮：「你什麼時候搞到手的？」

「下午。」江起淮說。

陶枝向前走了兩步，伸手就要去拿。

江起淮的長臂跟著她的動作往上一抬，手機在他手裡像坐自由落體似的「唰」地被提上去，擦著少女柔軟的指尖，不讓她勾到。

少年個子高，手機就高高地懸在她頭頂，近在眼前卻觸手不可及。

陶枝側眼，惱怒地瞪著他。

江起淮用指尖捏著手機，懶洋洋地晃了晃，不緊不慢地說：「看妳什麼時候把書背完，我就什麼時候給妳。」

陶枝一臉震驚：「我為什麼一定要全都背完才能拿回『我』的手機？」

她像是特地強調一般，加重了「我」的這個字。

「妳不是叫我幫妳畫重點嗎？」江起淮說。

陶枝的腦子有些空白，她完全不記得自己什麼時候叫江起淮幫她畫這些重點的。

「上我的課得花不少錢，」江起淮繼續道，「妳折現也可以。」

陶枝懶得理他，蹦起來想去勾他手裡的手機。

江起淮的手臂輕飄飄地往上提，陶枝再次抓空。

放學的鐘聲響起，學生們陸陸續續地從教室走出來，樓上的人也開始走下來，少年繼續捏著手機，像是在逗她玩一樣地晃來晃去。

陶枝環視一圈，發現有不少人正好奇地往這邊看。

她拽著江起淮的袖口把他拉下樓：「殿下，您能不能稍微講點道理？國文和英文一共有那——麼多，」她拖長了聲，「今天是週五，我肯定是要在週末背的啊！」

江起淮睨了她一眼：「妳回家沒人看著，有可能會讀書嗎？」

陶枝心虛地鼓了一下臉頰，拒絕正面回答這個問題：「那我總不可能一整個週末都不用手機啊！很不方便的。」

江起淮被她扯著下樓，沒說話。

陶枝看了他一眼，覺得他有些動搖，有理有據地繼續道：「而且我如果有什麼不會的問題，沒有手機的話也沒辦法問你。」

兩個人跟著小波人流走出教學大樓，因為高二才剛開學，所以還沒有開始晚自習，夜幕將至未至，雲層稀薄，天空呈現出一種高飽和度的藍紫色。

校園裡，行道樹兩側的路燈映出了繁雜樹影，江起淮踩著碎影想了片刻，平淡道：「那妳今晚背完吧，也就這麼一點內容。」

陶枝：「……」

也就這麼一點內容？

討厭的學霸。

晚上七點半。

市中心的街道車水馬龍，尤其在週五晚上特別熱鬧，街燈閃爍、行人成群，笑鬧聲絡繹不絕。

陶枝塞著耳機坐在咖啡廳角落裡的一張沙發裡，面前的桌子上擺著一杯咖啡和幾本書。筆記本攤在面前，上面充滿著抄寫的古詩和英文單字，字跡凌亂。再旁邊還放著一個ＭＰ３。

陶枝在默背了幾行後，感覺到肩頸有點痠痛，稍微按了按，並環視了一下四周。

這家店的人還是挺多的，隔壁那桌的男人正抱著筆電劈里啪啦地打字，再旁邊的兩個女孩也在認真讀書。

陶枝從來沒想過自己有一天會在咖啡廳裡讀書。

耳機裡的音樂聲隔絕了周圍的噪音，陶枝看了一下手邊放著的那個又小又方，還是黑白螢幕的東西。

也沒想到江起淮竟然他媽的還會隨身攜帶MP3。

她看了一眼櫃檯後方正在煮咖啡豆的少年，一時之間也不知道自己為什麼會到江起淮打工的地方來讀書。

但遇到不會的題目時，她也沒辦法用手機問他，那就直接在這裡當面問，好像也合情合理。

陶枝也沒料到，當她以「店裡太吵了，我需要安靜的環境，所以需要用手機來聽歌」為由，有理有據地跟他要手機的時候，這個人居然能從書包裡摸出一個MP3給她。

都已經八〇八〇年了，竟然還會有人用這種東西？

還是最老舊的那種款式。

挺復古的。

她摘下一邊的耳機後揉了揉耳朵，前面那桌的笑鬧聲立刻就傳了過來，幾個女生一邊笑著說話，一邊時不時地瞥向站在櫃檯前的江起淮。

少年穿著深咖啡色的制服，他肩寬而薄，穿這種能勾勒出身形的衣服，可以凸顯幹練的氣質，少了幾分在學校時的少年氣，多了一點俐落的成熟感。

陶枝看了一陣子後，見江起淮看過來的空檔，舉起手來懶洋洋地晃了晃。

江起淮端著咖啡杯看了她一眼，爾後跟另一個服務生說了幾句話後就放下杯子朝她走來：「怎麼了？」

陶枝撐著腦袋，翹著二郎腿晃來晃去：「你什麼時候下班？」

「十點關門，打掃結束完差不多十一點。」江起淮站在桌邊，將她鋪得亂七八糟的菜單都疊在一起，菜單邊在桌面上磕了磕。

陶枝點點頭後放下筆，人往沙發裡一靠：「我用腦過度了，需要補充糖分。」

江起淮看了一下被她畫得亂七八糟的筆記本：「妳背了幾個單字？」

「八個。」陶枝仰起頭來，一臉驕傲地說。

「……」

江起淮嘆了口氣。

「你那是什麼反應？」陶枝又不滿意了，「學霸瞧不起人是吧？時間才過去多久而已？我背八個已經是極限了，需要一塊起司蛋糕補充一下腦力和體能。」

江起淮沒說話，把收拾好的菜單拿走了。

陶枝：「……？？」

我點一塊起司蛋糕怎麼了？

又不是不會付錢！

陶枝看著他走掉後重新拿起筆，在剛剛背完的那個單字後面畫了一道，又把耳機塞回去。

沒過多久，一個身穿服務生制服的女孩端著一碟起司蛋糕走過來，安安靜靜地放在桌上。

陶枝抬眼。

奶黃色的起司看起來柔軟滑嫩，下面有一層焦糖色薄底，陶枝拿起旁邊的小叉子，切了一小塊後塞進嘴巴裡，開心地瞇起眼睛晃了晃。

在心情好的時候投入到一件事情裡，其實會提高效率。

陶枝雖然說過自己背東西的速度很慢，其實她心裡明白，她的腦子不算笨，如果真的讓她用心去完成一件事的話，也不是做不到。

江起淮大概也不覺得她能在一天之內看完這些重點，而陶枝也不知道在跟他較勁什麼，等她解決掉書上畫出來的所有古詩和英文單字，在摘掉耳機的時候，咖啡廳已經安靜下來了。

整個店裡只剩下了零星幾桌還在低聲聊天，巨大的落地玻璃窗外夜幕低垂，江起淮正在跟一個看起來跟他年紀相仿的服務生說話。

陶枝用手肘撐著桌面，托著腦袋看著他。

他靠站在咖啡機旁邊，聽著那個男生興致勃勃地說著什麼，唇邊掛著一點很淡的微笑，時不時接上兩句，整個人看起來懶散又隨性。

咖啡廳內的暖黃色燈光柔和溫暖，角落裡的黑膠唱片機緩慢地滑出纏綣的純音樂，整間店沉浸在靜謐而安穩的氣氛裡。

似乎是注意到了她的視線，江起淮驀地抬起頭來看向她。

少年淺褐色的桃花眼內勾外翹，眼角略微挑起，冰冷的眸色在那一瞬間突兀地給人一種柔軟又曖昧的錯覺。

陶枝像是被什麼東西電了一下，有些慌亂地匆匆移開視線。

她佯裝若無其事地扭頭看向窗外，江起淮也在此刻終於想起她，站直身子朝她走過來。

他走到桌邊道：「背完了？」

「沒有。」陶枝頭也沒回，幾乎沒過腦地脫口而出。

這話說完，江起淮倒是沒什麼反應，一副毫無波瀾、早知如此的樣子，陶枝自己倒是愣了愣。

她也不知道自己為什麼會這麼說。

就在幾個小時前，她還恨不得自己能夠得到一隻哆啦A夢，從他那裡騙來兩片記憶吐司，讓她一瞬間就背下這些玩意兒。然後從他那裡拿回手機之後回家，躺在沙發裡看電影、打遊戲，不用坐在這裡像個假文青一樣，還得看這些討厭的書。

但是此刻，也許是起司蛋糕的味道很好，也許是少年剛剛看過來的那一眼，好似錯覺般有些溫柔的雙眼。

她像是被蠱惑一樣，突然有那麼一點捨不得離開。

這片刻的工夫，咖啡廳裡最後一對男女也收拾好了東西推門離開，剛剛和江起淮聊天的那個男生叫了他一聲，江起淮也走過去，開始整理櫃檯。

陶枝想了半天也沒什麼結果，乾脆地放棄了，她一向不喜歡深究這些事情。

她在站起身後伸了一個懶腰，把空盤和咖啡杯送過去，隔著檯面往裡面看：「你要下班了？」

江起淮應了一聲，沒抬頭。

陶枝撓了撓鼻子後，又清清嗓子：「那，我等你一下？」

江起淮頓了一下，看向她。

那個表情，好似在下一秒就可以聽到他吐出冷冰的兩個字——不必。

剛剛那溫柔的目光，果然是她的錯覺。

陶枝不等他說話就直接轉身，重新坐回她坐了一整個晚上的位子。

她百無聊賴地翻了一下課本，慢悠悠地把堆滿桌子的書和筆記本裝好，江起淮那邊也差不多結束了。

他推開旁邊的一個小門走進後間，換了套衣服回來。

陶枝勾著書包站起來，指了指大門。

而江起淮也同時離開了咖啡廳。

門一推開，室外的冷空氣撲面而來，和溫暖的室內形成鮮明對比，陶枝把外套往上拉了拉，從臺階上一格一格跳下來。

市中心的夜裡人流如織，江起淮站在明亮的咖啡廳門口等著她慢吞吞地往下跳，沒有說話。

這個時間應該沒有公車和捷運了，陶枝跳下最後一階臺階，仰起頭來：「你要怎麼回家？」

「夜間公車。」

陶枝眨了眨眼：「他開到很晚嗎？」

「嗯，」江起淮往前走，「到凌晨四點。」

陶枝眨了眨眼，意圖非常明顯。

江起淮側頭：「想坐？」

「我沒坐過！」陶枝立刻說，「跟白天的公車有什麼差別嗎？有雙層的嗎？我想坐第二層！」

「沒有差別，也沒有第二層，」江起淮無情地打破了少女的幻想，「妳住在哪裡？」

陶枝亦步亦趨地跟著他：「我住在上次遇到你的那個便利商店的附近，那邊有停靠站嗎？」

明明是再普通不過的東西，少女卻新奇得跟發現了新大陸似的，江起淮覺得有點好玩：「有。」

「那快走吧，」陶枝催他，急切地快步往前走，「公車站在前面嗎？」

幾乎不用等，兩個人走到公車站的時候車子剛好開過來。

陶枝挑了一個靠窗的位子，而江起淮坐在她後面。

她坐公車的記憶已經是很久以前了，後來陶修平有了司機，陶枝上下學都有人接送，平時跟宋江他們出去玩也都會坐計程車過去。

晚上的公車跟白天不一樣，車廂裡燈光通亮，沒幾個人，不緊不慢地穿梭在街道上，城市璀璨的夜晚，在她面前一幕幕鋪展開來。

陶枝扒著窗戶看了好一陣子，正當她看得入迷時，後座的人屈起手指在窗面上敲了兩下：「妳在下一站下車。」

陶枝回神，轉過身去扒著椅背看著他。

江起淮挑眉。

「那個，那個那個。」陶枝眨了眨眼道。

「哪個？」江起淮明知故問。

「手機！」陶枝拍了拍塑膠椅背，「你不打算還給我嗎？」

江起淮：「妳背完了嗎？」

背完了啊！

陶枝噎住了。

剛剛會那麼說，只是因為當下的她不想離開，脫口而出的時候連她自己都還沒反應過來，自然也沒深思熟慮到會想起手機這件事。

陶枝有些騎虎難下，一時之間也不知道該怎麼說。

總不能承認她剛剛是在騙人的吧？

「重要的是結果嗎？重要的是過程，我不是有努力背了嗎？」陶枝憤憤地說，「連幼稚園的老師都會在小朋友還小的時候，就告訴他們努力的重要性。」

公車在紅燈前停住，綠燈亮起又緩慢地往前，眼看著窗外的風景開始變得熟悉，江起淮還是沒反應。

陶枝的脾氣有些上來了，甩頭重新轉過去：「算了。」

大不了重新買一個！

但是她的麻將遊戲是沒有綁定帳號的。

她損失了五十萬的歡樂豆！

將近四十塊錢！

陶枝將腦門貼在窗戶玻璃上，聽見公車廣播裡傳來溫柔的女聲報了站名，提醒乘客提前往後門走。

陶枝剛要起身，身後的人卻突然朝前伸出手，他捏著一部銀色的手機遞到她面前，車燈如流水一般劃過他冷白的手背，掌骨削瘦，手指修長乾淨。

陶枝愣了一下後轉過頭去。

江起淮見她沒反應，拿著手機晃了晃，催她。

陶枝撇了撇嘴，學他剛剛那副討厭又冷漠的語氣賭氣地說：「我還沒背完呢。」

她在那裡幼稚地耍著公主脾氣，江起淮作勢要收回手：「那別想要回去了。」

陶枝趕緊從他手裡把手機抽了回來。

五十萬的歡樂豆重新回歸，陶枝剛剛的那一點彆扭也消失得一乾二淨，她愉快地把心愛的手機開機，一邊說：「你這個人怎麼喜怒無常的？你有沒有看到我之前傳給你的那些新聞？你這也是孤僻型反社會人格的一種表現。」

非常典型的得了便宜還賣乖。

江起淮看著她垂頭擺弄手機，開心得搖頭晃腦像個小傻子似的，壓住唇角說：「努力過的小朋友就應該得到一點獎勵。」

第十章　我沒有女朋友

陶枝跳下公車，在公車站的位置待了一下，然後沿著街邊往前走。

夜間公車擦著她繼續行駛，街道兩旁各有一家二十四小時營業的便利商店還亮著燈，照亮了昏黃的路。

她依稀記得，在她以前成績好的時候，還是能夠得到誇獎的，慢慢的，這好像就變成了理所當然的事情。

倒是季繁，只要偶爾能拿到及格的分數，季槿就會非常高興。

沒有人告訴過陶枝，只要努力過，就算沒有拿到好成績，也是能夠得到獎勵的。

對於她來說，現實裡的每一件事情都在告訴她，結果始終都比過程更重要。

陶枝沒想過，自己有一天會在江起淮這裡得到不同的答案。

也沒想過她會因為這種事情，以這種方式，得到一點小小的肯定。

心臟還在胸腔裡亂竄，她伸手輕拍了拍胸口，像是在安撫一隻慌張的小怪獸。

江起淮只不過是順著她那句：「連幼稚園老師都會教導小朋友努力的重要性」而說下去罷了，她也不曉得自己有什麼好不知所措的。

只是在那一刻、那一瞬間，被他那雙琉璃似的透澈雙眼看著的時候，心臟就會飛快地跳動。

冷風襲來，冷卻了發熱的頭腦，陶枝深吸了一口涼氣後揉了揉自己的臉頰，唇角也不受控制地一點一點揚起。

她哼著歌，心情很好地蹦跳著往家的方向走去。

進家門的時候，季繁正抱著手機，盤腿坐在客廳的地毯上打電話報警。

門鎖「叮鈴」一響，陶枝拉開門走進來，就聽見季繁的聲音嚴肅而鄭重：「對、對，十六歲，女孩子，從放學到現在，失蹤了四、五個小時了，我懷疑是被人暗殺了。」

「什麼自己嚇自己？絕對不是的！警察叔叔，她平時性格還挺討厭的，到處樹敵。」

陶枝穿上拖鞋，伸著脖子往客廳裡看了一眼。

季繁聲音一頓，直勾勾地看著她：「——不好意思警察叔叔，人回來了，只是誤會一場，麻煩你們了，祝你們事業有成。」

季繁把電話掛了，將手機丟到一邊，面無表情地看著陶枝。

陶枝也面無表情地看著他：「你幹什麼呢？」

「報警，」季繁說，「打電話給警察叔叔，跟他們說我姐姐失蹤了四、五個小時，不知道是不是還活著。」

陶枝：「……？」

「在這期間連訊息都不回，打電話過去的時候手機還關機。」季繁繼續說。

少年板著張臉看著她，聲音倒是挺平靜的。

「我的電話從被王二沒收之後就一直關機啊，」陶枝懶得跟他一般見識，把書包丟在另一邊的沙發上，抬手去拿茶几上的椰奶，「而且我放學的時候跟顧叔叔說過了呀，我跟同學去讀書，所以晚點會自己回家。」

「我知道，」季繁倒進了沙發裡，「顧叔叔說是個男生。」

陶枝停下了拉開易開罐拉環的動作。

季繁湊過去，警惕地看著她：「妳是不是又交新的男朋友了？」

陶枝差點把椰奶吐出來。

「什麼叫『又』交新男朋友了？」陶枝戳著少年的腦門往後一推，把他重新戳回沙發裡，「我真的去讀書的，你以為我像你一樣？正事不幹，身邊一堆花花草草。」

「還不是因為轉學的關係，我什麼都沒了，」季繁掙扎著再次爬起，突然正經地看著她說，「枝枝，妳不要喜歡男人了，男人沒一個好東西。」

陶枝：「……」

陶枝不知道她這個弟弟突然又發什麼瘋。

「我長這麼大見過最好的男人，就是老陶同仁了，結果也和媽媽說分就分了。」季繁漫不經心地說，「男人的心裡總是會有比愛情還要更重要的東西。」

這是季繁頭一回提起這件事。

他搬回來一個禮拜，沒問過陶修平，而陶枝也沒提過季槿。

雙胞胎之間大概還是有那麼一點心有靈犀的，雖然她跟季繁的默契值從小就低得令人髮指，少年看了她一眼，說：「媽媽現在挺好的，她說她最近有點忙，過幾天會抽空來看看妳。」

過幾天來看看妳。

就好像是對一個親戚家的小孩所說的客套話。

陶枝縮了縮捏著椰奶罐的手指，然後將椰奶放在茶几上後背起書包：「睏了，今天太早起，」陶枝打了個哈欠，懶洋洋地說，「你早點睡吧，別因為沒事幹就去折磨警察了，你這個叫亂報警，是要被抓起來教育的。」

季繁趴在沙發上的動作很大，還朝她做鬼臉，陶枝假裝沒發現地上樓回臥室，關上了房門。

她把書包隨意丟在地上，爾後走到床尾的小沙發前，整個人呈大字型躺進去。

之前在外面折騰的時候還沒什麼感覺，當她獨自地安靜躺下後才覺得疲倦。

陶枝覺得今天的自己實在是過得一波三折。

她抱著抱枕，把手機螢幕點開，欣賞了一下她重新到手的五十萬歡樂豆，然後又點開通訊軟體，傳了訊息給江起淮。

枝枝葡萄：『和我聊天。』

美少女扛壩子江起淮：『好。』

陶枝的雙臂高高舉起，看著手機螢幕亮了一陣子，然後滅掉。

她把手機丟到一旁，翻了個身，腦袋也埋進了柔軟的沙發椅背中。

心情莫名其妙地，好像比剛才好了一點點。

陶枝是被鬧鐘吵醒的。

柔和的音樂隱約從她身下傳出，陶枝半瞇著眼，迷迷糊糊地伸手摸了老半天，從屁股下面抽出手機，點掉了鬧鐘。

她把手機丟到一旁後再次翻了身，打算繼續睡。

週末的清晨一片靜謐，陶枝的嗓子有點啞，渾身痠痛，她撐起手臂抬了抬身，才意識到自己連被子都沒蓋，就這麼在沙發上睡了一晚。

衣服也沒換下來。

她揉著眼睛坐起身來，在稍微緩了一下之後，光腳走進浴室。

大理石面的冰涼沖淡了睡意，她在洗過澡後換上了一套居家服，頭重腳輕地走下樓。

張阿姨正拿著吸塵器在打掃家裡，她通常到了週末都是會睡懶覺的，也還沒準備早餐，看見她下來後，張阿姨有點驚訝：「枝枝起得這麼早？」

陶枝「嗯」了一聲，聲音啞得有些嚇人，張阿姨趕緊走過來：「枝枝怎麼了，感冒了？」

「好像有一點。」陶枝帶著鼻音說。

「阿姨等等幫妳煮個粥，吃完之後就吃點藥。」

她點點頭後吸了吸鼻子，走到廚房從冰箱裡拿出一盒牛奶，倒進玻璃杯裡塞進微波爐。

等牛奶的工夫，季繁也晃晃悠悠地下了樓。

少年帶著青黑的眼圈走進廚房倒水，看起來很有精神：「妳怎麼這麼早起？」

陶枝看了他一眼，嗓子疼得不想說話。

季繁有些稀奇地看著她：「精神這麼差，妳也通宵打遊戲了？」

微波爐「叮咚」一聲轉好，陶枝回身，端著牛奶上了樓。

季繁被澈底無視，打了個哈欠後看向旁邊的張阿姨：「她是怎麼回事？」

「有點感冒，」張阿姨洗著鍋子說，「我等等煮碗粥給她吃，再送一份中藥上去，我們這幾天得吃的清淡一些。」

季繁點點頭，舉起手來：「讓我去送吧。」

陶枝這一病就病了好幾天。

本來以為只是因為換季，加上一整個晚上沒蓋被子而著涼，結果第二天晚上還發起了高燒。

顧叔叔連夜把人送去醫院，又找了家庭醫生幫她吊點滴，熱度才退下去。

她在家裡休息了幾天，季繁就當了她幾天的狗。

臥室裡，陶枝無精打采地縮進被子，嫌棄地看著小托盤上的一碗白粥：「太燙了。」

季繁舀起一勺，幫她吹了吹。

「都冷了，」陶枝嫌棄地說，「你怎麼不把它冰過之後再給我吃？」

季繁：「……」

「我現在腦子裡只有八個字——忍辱負重，以德報怨。」季繁把湯匙放下後說，「妳還記得我以前發高燒的時候，妳是怎麼對待我的嗎？」

陶枝啞著嗓子：「我細心照顧你？」

「妳怕我傳染給妳，幫我戴了五個口罩。」季繁一邊舀著粥一邊說，「他媽的差點把老子憋死。」

「……」

陶枝有些想笑：「我那時候還小啊，話說、你幫我向學校請假了嗎？」

「請了，」季繁說，「王褶子還不相信我，打電話跟老陶做確認，這間學校也太變態了，怎麼連成績差的也管啊，王二因為現在抓不到妳，就開始來折磨我了，天天要我去前面回答問題。」

季繁哀怨地嘆了口氣：「妳能在這兩天之內好起來嗎？快點回來幫我分擔一下火力。」

陶枝沒說話，只是靜靜地看著他。

少年一邊說著屁話，一邊小心翼翼地用湯匙攪著粥，熱騰騰的霧氣後方眼睫低垂，看起來難得安靜。

「季繁。」陶枝忽然叫了他一聲。

季繁沒抬頭：「嗯？」

陶枝問他：「你還會離開嗎？」

季繁在愣了一下後抬起頭來，有些嘲諷地笑了笑：「誰知道，我說得算嗎？」

「你別走了，」陶枝把半張臉縮在被子裡，小聲地說，「姐姐想看著我們阿繁長大。」

她從來沒說過這種話，少年的耳尖瞬間通紅一片，他把手裡的粥碗往托盤上一放，有些不自然地別開了視線：「只比我大十幾分鐘的人就別裝大人了，快點吃妳的粥！不然我就真的幫妳放到冰箱裡了啊！」

陶枝在家裡又躺了幾天後才能下床，週五跟季繁一起去了學校。

實驗一中的第一次月考在國慶連假前的最後兩天，陶枝缺了一週的課，等到再去學校的時候，月考座位表已經出來了。

考場按照上學期期末考試的成績來分，一班的學生基本上都在前幾個考場，陶枝上學期的考試差不多都是睡過去的，因此被分到了最後一個考場，而江起淮和季繁都是轉學過來的，沒有成績，所以跟她在同一個考場。

整個班就只有三個人在最後一間考場，在這個好學生群聚的大環境下顯得格格不入。

厲雙江一見到她就直接張開了雙臂：「老大！好久不見，妳又變漂亮了。」

陶枝在他背上猛拍了一下。

厲雙江被拍得整個人往前竄一步，捂著胸口咳嗽：「我們老大還是那麼的元氣十足，我放心了，妳不知道，妳不在的這一個禮拜，繁哥被王氏雙煞折磨成什麼樣。」

季繁坐在後頭，有氣無力地擺擺手：「老子他媽在學校被折磨完，回家還要被這個病人折磨，我們家枝枝發個燒就是公主，如果想要星星，本少爺都得去天上幫她摘下來。」

厲雙江聞言，又跑到最後一排去擁抱季繁，給他一個來自好兄弟的貼心安慰。

厲雙江：「繁哥，你才是真正的男人。」

季繁：「老厲，還是你懂我。」

兩個男生在那裡深情地抱成一團，旁邊坐著一個天然大冰櫃，連看都沒看一眼，不受到任何影響地釋放冷氣。

陶枝看了他一眼。

她跟江起淮最後的對話，還停留在上次那個言簡意賅的「好」上，她在家的時候也沒閒著，在「美少女正義聯盟」裡面，和厲雙江與付惜靈兩人聊得火熱，卻也沒見他在裡面說過一句話。

厲雙江跟季繁抱在一起，噁心了好一陣子後才終於放手，問江起淮：「對了，淮哥，你明天是不是不會來考試？」

江起淮應了一聲：「嗯。」

陶枝愣了愣：「還能這麼光明正大地逃掉考試？」

「好像是因為淮哥要去那個競賽吧，時間上有衝突，王褶子說讓他晚上來學校，單獨把上午的考試補上。」厲雙江說。

陶枝有些難以置信。

竟然有人明明能逃掉考試，卻非得在晚上來補考？

就是得假掰一下。

這也是學霸的一種修養。

季繁因為之前打架沒打贏過江起淮，在遇到有關他的事情時，心眼就會變得非常小，不放過任何一個可以找碴的機會，在旁邊嚷嚷著，也不知道是在嘲諷誰：「妳以為所有人都和妳一樣，能考三百分就不考三百一？人家學霸可是一分都得爭取，懂嗎？」

陶枝翻了個白眼：「換做是你，如果你能光明正大躲掉考試，你逃不逃？」

「一碼歸一碼，」季繁一臉理所當然地說，「我當然逃。」

陶枝：「……」

分了文、理組以後，月考只占一天的時間，上午是國文和英文，下午考數學和理科，考試時間比平時到校時間要晚一點，從八點開始。

陶枝和季繁早早就到了教室。

無論在哪間學校，最後一個考場的氣氛都差不多，季繁在艱苦的環境下被折磨了半個月，回到熟悉的環境後終於如魚得水，跟他前後左右的放牛生們聊得熱火朝天。

陶枝按照座位找了一圈，她的位子在倒數第二排靠中間的地方，後面隔著幾個人後才是季繁，季繁再後面的桌子空著，應該是江起淮的位子。

由於還沒到考試的時間，教室裡有一半的位子是空著的，好多人都還沒來。

有個監考老師坐在前面玩手機，而另一個還沒到，陶枝從空空的書包裡掏出中性筆和塗卡筆，又抽了一張白紙。

監考老師抬頭看了一眼，拖著聲說：「到了的同學不要大聲喧嘩，把手機和該交的都交上來啊，後面那個男生，別講了，一整個早上就看你上竄下跳的到處講，你是交際花啊？」

陶枝從制服口袋裡抽出手機滑開，在準備關機之前，她點開通訊軟體，打算傳一些寶貴的祝福來獎勵他。

枝枝葡萄：『我怕昨天給祝福給得太早，又怕上課鐘響後的鼓勵太晚，因為監考官會沒收手機，所以在那個時刻即將來臨之際，給您送上最真摯的祝福，祝您的競賽成績金雞獨立，鶴立雞群。』

江起淮那邊的比賽應該也還沒開始，不到兩分鐘，陶枝的手機就震了一下。

美少女扛壩子江起淮：『看看妳用的成語，然後擔心一下妳自己的國文考試。』

還是那麼的刻薄。

陶枝撇了撇嘴，繼續打字。

枝枝葡萄：『擔心一下自己吧殿下，本宮當然是早有準備。』

她把一行字打完以後傳出去，想起之前因為這個稱呼而導致的烏龍，腦袋一空，也不知是在心虛什麼，飛快地趕緊解釋。

枝枝葡萄：『我這個本宮是公主大人的意思，公主也都是這麼自稱的！希望你的想法不要那麼膚淺。』

她剛想順便解釋給他聽，其實殿下這個稱呼也是公主殿下的意思，之前有關李淑妃的事情只是她的脫口而出。

其實我和她是異父異母的好姐妹。

我是絕對沒有其它非分之想的。

嗯，合情合理。

陶枝點了點手機螢幕，剛想繼續打字，手機在她手裡又輕輕震了一下，打斷她的動作。

陶枝將目光往上一移。

美少女扛壩子江起淮：『嗯，那考好一點，公主大人。』

江起淮的猜題非常精準，考卷上所有需要背誦的題目以及難字，基本上都在他幫她畫出來的範圍內。

陶枝以前都懶得寫國文試卷。不同於別的科目，國文因為字數多所以寫起來很累，最後還要寫超過八百字的作文。

簡直是精神和肉體的雙重折磨。

她很久沒有這麼專注地寫題目了。

她仔細把每一題都看過，將每一題努力寫完，也認真分析了作文的文體，陶枝回憶了一下國中時期寫作文的幾篇範本，在開頭引出主題，中間鋪陳做論述，最後則用抒情式結尾，倒也是很流暢地寫完了。

在停筆之後不到幾分鐘的時間，考試結束。班裡幾乎沒人在動筆了，前面一排排全是趴在桌子上睡覺的腦袋。

陶枝活動一下有些發痠的手指，又扭了扭脖子，看見坐在她旁邊那排的宋江正一臉震驚地看著她。

陶枝挑了挑眉，和他用眼神交流：幹什麼？

宋江做了個嘴型：妳怎麼寫這麼久？

因為我熱愛讀書。

公主大人都熱愛讀書。

陶枝扭過頭去沒理他，把考卷往前翻了兩頁，檢查了一下她前面寫的題目。

考試結束的鐘聲響起，坐在後排的監考老師起身收考卷。

才剛收完，宋江就蹦跳過來，一屁股坐在她桌子上：「我他媽的觀察妳很久了。」

陶枝把桌上的筆和紙整理了一下：「你幹嘛觀察我？」

「看妳最近還挺有出息的，連考試都來勁了啊，」宋江從頭到腳瞅了她一圈，「我們陶總打算重回巔峰了？」

「隨便寫寫，」陶枝擺了擺手，「畢竟季繁回來了，我總得比他多考兩分。」

陶枝一臉欣喜地說：「及時雨，季繁數學只能考九分。」

宋江挖苦她：「那妳還有什麼好擔心的呢？妳上次高她十一分呢。」

陶枝欣慰地看著他：「我的意思是，終於有人能取代你這個萬年倒數第一了。」

宋江：「……」

國文和英文是陶枝唯二有認真複習過的科目，只要有基礎也還是可以拿分的。

一天考下來，她自我感覺還是十分良好，上午努力局，下午盡力局，能拿到的分數都盡量拿了，理科綜合和數學那種實在是算不出來的東西也不必強求，三短一長，選最長的就好。

志在參加，分數那些都是虛假的。

因為國慶連假的關係，明天是他們假期之前最後一天上課，等最後一科考完後，王褶子提前把他們都召回教室，將桌椅之類的歸位。

陶枝和季繁晃晃悠悠回去的時候，班裡已經有不少人都回來了，幾個人湊在一起地拿著計算紙在那裡對答案。

江起淮一進門，就遭到厲雙江和趙明啟的圍堵。

也就只有他們兩個而已。

江起淮以前是附中的，雖說名聲遠揚，但他轉到實驗一中以後，也沒正經的考過試，平時的作業和小考都看不出什麼東西。

實驗一中的一班學生成績都還不錯，隨便拎一個出來都拿得出手，好學生總是有種自己的傲氣，雖然平時學霸、學霸的叫，但是沒有親身體會過，大家也並沒有那麼親近和服氣於江起淮。

只有厲雙江他們這種少根筋的，再加上上次生日聚餐和江起淮熟絡起來，才會覺得我們淮哥就是最屌的。

他們聊到最多的還是理科綜合和數學，陶枝一題也沒聽懂，從教室後頭找到了付惜靈和自己的桌子後，一手一張拉回來，而江起淮那邊則一邊跟厲雙江說話，一邊將桌子拉回。

他之後也要補考，所以厲雙江並沒有打擾太久，問了幾題之後就離開了。

王褶子還沒回來，整個班級裡鬧哄哄的。陶枝把椅子拉回來之後倒著放，順勢坐下：

「殿下。」

江起淮低著頭。

「這次的考試，應該比上學期的模擬考還要簡單一點的吧？」陶枝問他。

江起淮「嗯」了一聲。

「那，」陶枝試探性地問，「李淑妃平時的成績也挺好的喔？」

江起淮拖著椅子走過來，挑著眼梢看著她。

陶枝清了清嗓子，繼續說：「李淑妃這次也可能考到七百分喔？」

江起淮勾了勾唇：「那妳去問問她。」

「我幹嘛要問她？我是在問妳。」陶枝嚴肅地說，「你之前不是說過嗎？要她考到七百分才會考慮接受告白。」

江起淮花了五秒來搜尋記憶，確定自己是沒有說過這句話的。

他的沉默在陶枝眼裡看來，就跟默認似的沒什麼兩樣。

江起淮這個人就是喜歡成績好的女生，李思佳無論是長相還是性格都挺可愛的，如果能再考個七百分，那就無可挑剔了。

完美符合江起淮的擇偶標準。

陶枝根本想不到有什麼理由拒絕，如果她是男的，她也會喜歡李思佳那樣的女孩，像是一隻乖巧的小白兔，遇到喜歡的人也會勇敢說出來。

正當陶枝皺著眉，絞盡腦汁地思考著，究竟該怎麼說才能讓他打消這個念頭的時候，王褶子剛好來叫他出去補考。

江起淮從抽屜裡摸出兩支筆，跟著王褶子出去了。

王褶子站在門口，拍了拍第一排的桌子：「好了，別再對那些答案了，成績明天就會出來，也不差這一天，趙明啟你在叫什麼呢？有這個閒工夫叫，不如在下次考試之前多做兩題，收拾好的人就可以放學了。」

陶枝看了門口最後一眼，慢吞吞地收拾好書包。

實驗一中的老師非常有效率地批改好考卷，第二天一早，陶枝才剛進教室，就聽見厲雙江在班級裡手舞足蹈。

「我剛剛去問了一下老王，考卷已經改完了，上午就會公布成績單！」厲雙江興奮又忐忑地說，「老王今天對我和顏悅色的，我的物理是不是考滿分了？」

他旁邊的同學翻了個白眼：「你能不能別天天做白日夢？」

付惜靈點點頭：「你肯定可以考滿分的呀，你物理這麼好，沒問題的。」

厲雙江感激地看著她。

而旁邊的同學往後指了指：「看見沒？付惜靈同學可是專業的吹捧選手，現在把你捧得越高，你等等就會摔得越痛，把你的自尊心從二十樓丟下來砸得稀爛，拼都拼不上。」

厲雙江頓時感到沮喪，表情也有點受傷。

付惜靈也很委屈，畢竟她是發自內心說這些話的。

老師把考卷拿回家連夜改完，花了一整個上午的時間才整理好排名，在午休前的最後一節課，王褶子也拿著成績單回到班上。

王褶子看起來心情挺好的，表情也不像往常一樣嚴肅，臉上的皺紋都少了不少。

陶枝側著頭，跟付惜靈小聲說：「看來考得還可以？老王也可以改名了，不用叫王褶子，叫王拉皮。」

付惜靈捂著嘴，忍不住笑了出來。

王褶子站在前面拿著成績單，清了清嗓子，等全班都安靜下來後才開口：「這次考試的題目比上次期末模擬考還要簡單很多，普遍來看的話，我們班同學的成績都還可以，一共有四個七百分以上的，其中一個數學和物理都滿分，總分七百一十一，也是年級最高分——江起淮。」

王褶子朝這邊看過來。

全班也都跟著他看過來，厲雙江在前頭用力鼓掌，江起淮目光平平，表情沒有任何波動，可能對於他而言，這些都已經是家常便飯。

王褶子說：「還有三位同學，吳楠七百零〇二分，厲雙江和李思佳都是七百〇一分。厲雙江，你這個英文成績很不錯啊！進步神速，英文老師剛剛還特地來跟我表揚你，繼續保持。」

厲雙江中氣十足地應了一聲。

陶枝什麼都沒聽進去，她腦子裡只有剛剛王褶子說的那句話。

李思佳七百〇一分。

李思佳七百〇一分。

七百〇一分。

王褶子清了清嗓子，又繼續說：「還有一位同學，我要特地表揚一下，雖然分數不高，但是進步很驚人，陶枝。」

陶枝還在夢遊，呆愣愣地抬起頭來。

「國文一百一十分，英文一百一十八分！」王褶子大聲地說，那樣子看起來就跟陶枝考上了清華一樣。

陶枝從夢遊裡清醒過來，在聽見自己的分數以後，又陷入另一種恍惚裡，她的心臟在砰砰地跳，聲音大到讓她聽不清楚周圍的聲音。

她聽見季繁在後面「我靠」了一聲，厲雙江也轉過頭來，目瞪口呆地看著她。

她剛到一班的時候，也不是沒聽過其他人在背地裡偷偷議論她。

說她成績差，說她有錢就是可以為所欲為地加入前段班，不曉得一班的總成績要被她這種學渣拖累成什麼樣子。

學校裡總是這樣的，好學生看不起壞學生，壞學生也看不慣好學生。

陶枝習慣聽到這樣的議論了，所以在當時聽到的時候，並沒什麼感覺。

直到現在，她才隱約意識到，她當時可能還是有那麼一點介意。

不然她現在為什麼會覺得，好像是有那麼一點開心的。

原來努力過的小朋友，真的可以得到這一點點的獎勵。

王褶子又低頭看了一眼成績單，看著她四十分的數學，和加起來才一百多分的理科綜合，嘆了口氣：「只是偏科偏的有點嚴重啊。」王褶子開玩笑道，「還得在數學和理科綜合上多下點工夫，稍微努力一下才可以。怎麼？嫌我長得醜，不喜歡上我的課啊？」

陶枝還陷在自己的小世界裡，沒有意識到他在說什麼，只聽到還得努力一下什麼的，迷迷糊糊地點了點頭，應了一聲：「啊。」

全班：「……」

王褶子：「……」

王褶子並沒有花太多時間在月考成績上，把成績單貼在前面的小黑板後就開始繼續講課。

陶枝過了差不多半節課才回過神來，王褶子似乎對她那三十分的物理非常不滿，一節課叫了她好幾次。

下課鐘聲一響，陶枝努力克制從椅子上跳起來的衝動，一臉淡定地轉過頭去，拍了拍江起淮的桌子。

江起淮也抬起頭來。

陶枝趴在他的桌子上，笑咪咪地看著他，搖搖擺擺地晃著腦袋，看起來像是連尾巴都要翹到天上去了。

江起淮闔上書，看著她這副渴求表揚的模樣後，忍不住笑了一聲。

他剛要說話，李思佳從另一頭小跑過來，輕輕拍了拍他的椅背：「江同學。」

江起淮轉過頭去。

女孩臉有點紅，看起來又高興又害羞，指了指後門門口：「我能跟你說兩句話嗎？」

她說完後，紅著臉先行離開教室。

江起淮頓了頓，放下筆，將椅子往後滑了滑。

陶枝整個人都被按下暫停鍵。

她剛剛太開心，完全沉浸在自己的快樂裡，完全忘了這件事。

陶枝突然慌了，瞬間坐直身子看向江起淮，少年滑開椅子，不緊不慢地準備往外走。

她還來不及多想，一把抓住他的袖口。

江起淮腳步一頓，回過頭來。

女孩死死地拽著他的袖子，直直看著他，皺著眉問：「你要早戀了嗎？」

江起淮挑了挑眉。

陶枝硬邦邦地說：「江起淮，你不可以早戀。」

她腦子有點亂，一時之間也想不到任何可以阻止他的理由，只能硬著頭皮，口不擇言地胡編亂造：「你不能因為別人考到了七百分就跟人家談戀愛，你這樣很不負責任，難道以後只要誰考到七百分，你就跟誰談戀愛嗎？要是我也能考個七百分呢？」

她說完，江起淮眼睫輕抬，表情凝固了一瞬。

陶枝的表情也凝固了，腦子裡「嗡」地一聲炸開了，尖叫雞也開始順著身體裡的每一個器官亂竄。

我在說什麼啊——

正值午休時間，教室裡亂哄哄的，一堆人擠到前面去看成績單，厲雙江在他們身邊大吼著「吃飯了」便衝出了教室。

陶枝急中生智，不等他說話，趕緊指著剛衝出後門的厲雙江，匆忙地開口：「要是厲雙江也考了七百分，你現在就跟他談戀愛！」

江起淮：「……」

陶枝也不知道自己在說什麼，乾脆死馬當活馬醫，視死如歸道：「反正男生總比女生好吧。」

江起淮：「……？」

江起淮不知道她到底是從哪裡得出這種結論的。

回憶了一下厲雙江那個傻子，還不如女生呢。

學生陸續走去食堂吃飯，走廊外面鬧哄哄的一片，斷斷續續的說笑聲也傳進了教室。

李思佳還在門外等著，陶枝就這麼拽著江起淮的袖子，有些不知所措。

她現在的行為在江起淮眼裡，或許是無理取鬧，也可能是匪夷所思，她根本沒什麼資格管他的事情，甚至是替他做決定，他們兩個其實也沒有那麼熟絡。

他們才剛認識一個月，對彼此都不太熟悉，甚至在一開始的時候，關係還不是很融洽，不過只是普通同學罷了。

她有些逾越了。

在意識到這點以後，陶枝像是觸電般地，鬆開緊抓住他袖口的手，然後蜷起手指，慢吞吞地縮了回去。

她低頭平復了一下剛剛那突如其來的混亂情緒，淺淺地吐出一口氣後才抬起頭來。

江起淮還沒走，只是站在她旁邊看著她。

陶枝朝他擺了擺手，飛快地轉過身去：「快去吧，殿下，別讓李淑妃等太久了。」

她邊說邊趴在桌上，抽出手機開始玩，麻將遊戲那歡快的音樂聲，也打破了讓人難以讀懂的氣氛。

陶枝心不在焉地開了一局麻將，靜靜地聽著身後的腳步聲響起。

緊接著從走廊傳來了女孩很輕的說話聲，沒過多久，那個聲音就淹沒進腳步聲和吵鬧聲中，聽不清楚了。

陶枝忍不住地往門口稍微斜了斜身子，還是沒聽到。

「耳朵都要伸到教室外面去了。」付惜靈突然說。

陶枝忽然坐正，若無其事的繼續玩遊戲。

付惜靈扭開便當蓋子，自從她媽媽知道陶枝上次在女廁幫了她以後，每天都會幫她多裝飯菜，讓她邀請陶枝一起吃。

她從裡面抽了一層米飯給陶枝，好奇地問：「妳為什麼那麼在意學霸和李思佳談戀愛的事情？妳是不希望他被這件事影響成績嗎？」

付惜靈擅長幫他人找臺階下。

陶枝接過米飯，趕緊順著她的話點了點頭，順口胡謅道：「他可是我們班的第一名，談戀愛絕對會影響到成績的。」

陶枝擰開了裝米飯的盒子，鼓了雙頰：「不過，是我多管閒事了。」

付惜靈把裝雞翅的盒子抽出來：「朋友勸朋友也不能算是管閒事呀。」

陶枝咬著筷子：「我們兩個，也只能算是普通同學的關係。」

「可是我覺得，學霸有把妳當作朋友，」付惜靈把保鮮盒一個一個抽出來，一本正經地說，「也就只有妳在的時候，他才會顯得稍微好說話一些，厲雙江之前還跟我說，如果不是因為妳，他是不敢跟學霸搭話的。」

付惜靈抬起頭來：「我覺得，就是因為把妳當朋友，他才開始融入這個班級了。」

陶枝有些心不在焉地咬著筷子，沒有說話。

不知道為什麼，她對於付惜靈所說的「把妳當朋友」這個結論，並沒有感到多開心。

但比「普通同學」的說法還要再更強一點。

陶枝沒滋沒味地把午飯吃完了，陶枝在整理好桌子後，趴在桌上睡了午覺。

她睡得迷迷糊糊，隱約能聽見有人在回來之後又走出去的聲響，後桌的椅子被人挪開，又拉動過來，最後沒了聲音。

陶枝沒回頭，也沒問江起淮和他的李淑妃有沒有談妥，結果如何。

就算江起淮真的同意了，七百分以上選手的學霸愛情故事，郎才女貌，才子佳人，共同進步，一起成長，也算是一樁美談。

只是在往後，她就得懂得避嫌了，人家是有女朋友的人了，和別的異性總得保持一點距離，她不能老是找他玩。

想到這裡，陶枝沒來由的有點鬱悶。

正午的日光灑進教室，透著薄薄的眼皮，在閉上雙眼後，呈現出一片淺紅色的世界，陶枝把外套脫下後蓋住了腦袋，繼續睡覺。

一整個下午，陶枝都沒什麼精神。

王二在下午上數學課的時候，還特地把她叫起來調侃兩句，對於她國文和英文能考到一百多分，但數學只能考四十分的這件事，表達出極大的不滿和醋意。

月考結束，馬上就是國慶的七天小長假，所有人都鬆懈下來，上課講考卷的效率也不高，王褶子見狀，乾脆地把最後一節課取消了，讓他們去上體育課。

男生出去打球，不想動的女孩子就窩在班級裡聊天，陶枝坐起身來伸了個懶腰，穿上外套出了教室，準備去福利社買瓶優酪乳喝。

她走出教學大樓，穿過校園裡長長的林蔭步道後走到了盡頭。

福利社裡鬧哄哄的，幾個男生抱著球倚靠著玻璃櫃檯，一邊喝水一邊聊天。

陶枝繞過他們，從冷藏櫃裡拿了一瓶蘆薈優酪乳，在結完帳後離開了福利社，慢悠悠地向操場走去。

厲雙江他們在另一邊的室外籃球場打球，籃球穿過半個球場拍在了地面上，季繁把球撈過來，熟練地帶球過人，抬手送進籃框。

江起淮正和他們一起打球。

陶枝沒看過江起淮打球，這個人就像是那種，平時除了讀書以外，沒有其他娛樂活動一樣，他們大概是分成兩隊在進行比賽，江起淮和他們不是同一隊的。

陶枝往旁邊掃了一眼，球場周圍的花壇旁蹲坐著一群女生，李思佳也在裡面，手裡拎著一瓶礦泉水。

這就開始了？你打球、我歡呼，順便幫我男朋友拿著水。

陶枝朝天空翻了個大白眼。

正當她還感到厭煩的時候，聽見季繁叫了她一聲：「枝枝！」

陶枝回過頭來，一顆橘黃色的籃球正對著她的臉直衝而來，在她眼前瞬間放大，眼看著就要砸在臉上。

江起淮長臂前伸，以飛快的速度朝著這邊撲過來，但還是來不及。

陶枝下意識側了側頭，躲開了那顆看似下一秒就會砸斷她鼻梁的籃球，沒拿優酪乳的那隻手向後伸，白皙的手掌勾著球猛地一帶，卸掉了往前衝的速度，球被拍在腳邊的地面上，然後高高彈起。

季繁罵罵咧咧地停下腳步，江起淮站在她面前輕喘著氣，額頭上還有一層薄薄的汗，胸膛隨著呼吸起伏。

陶枝很輕地瞥了他一眼，將喝了一半的優酪乳放在花壇上，動作嫻熟地運球往前走。她擦過江起淮，就這麼一路運球到籃球場上，抵達三分線前站定，兩隻手抱著球轉了兩圈，然後輕輕吐出一口氣，高高跳起，抬臂甩出。

籃球從她手裡飛出去，在空中畫出了一道流暢的拋物線，然後穩穩地落進籃框。

「哐噹」一響，打破了球場上的安靜。

厲雙江和趙明啟兩人露出被震懾的表情。

季繁站在旁邊笑了一聲，扯著衣服的下擺，擦了一把汗：「怎麼？手癢了？」

別人不曉得，只有他清楚陶枝其實還蠻會打球的。

她從小就有很好的運動天賦，小時候在家裡附近，沒什麼同齡的女孩子願意跟她一起玩，她就跟季繁和宋江一起打球。

排球、籃球、羽毛球，季繁一次都沒有贏過陶枝，直到長大後，男孩子的體格優勢開始占上風，陶枝才逐漸打不過他。國中的時候他們開始打撞球，陶枝又把他按在撞球桌上摩擦。

季繁小時候還挺不服氣的，總覺得對於這個人來說，好像沒有她做不好的事情，無論在哪一點上，他永遠都比不過她。

到了後來，他才開始覺得有點自豪。

旁邊的厲雙江終於回過神來，一邊號叫一邊大鵬展翅地撲過來：「我大哥太屌了啊！大哥要不要來打一場？」

陶枝看了球場上的人一眼，江起淮已經回來了，手裡拎著她剛剛放在旁邊的半瓶優酪乳，俯身放在了她腳邊的花壇瓷磚上。

陶枝沒看他，問厲雙江：「你們人數不夠嗎？」

「夠。」厲雙江笑嘻嘻地說，「但是我們可以把季繁踢出去坐冷板凳，妳替他打。」

「我靠！」季繁震驚地看著他，「你這個人怎麼只見新人笑，不見舊人哭？沒了我的話，你們怎麼打得過江起淮？這傢伙投十進九！」

季繁指著陶枝：「而且她打控球後衛，跟我的位置又不衝突！你讓我們控球後衛去坐冷板凳。」

被厲雙江拉來湊人數打控球後衛的蔣正勳，在旁邊狂亂點頭：「我同意，就讓副班長來替我打吧，我想回班裡睡一覺。」

「你想得美，」厲雙江指著他，「你有點坐冷板凳的自覺好嗎？你就在旁邊看著，幫大哥看好優酪乳。」

蔣正勳原本打算回教室，不過最後還是果斷地選擇把陶枝的優酪乳看好。

厲雙江招呼了其他人表示要準備換人，陶枝被季繁扯著過去時，用餘光瞥了旁邊的江起淮一眼。

雖然只是體育課上隨便打打，但他們還是搞得有模有樣，不知道從哪裡弄來一個口哨。比賽採計分制，先進十球的隊伍就算獲勝。

比賽開始，季繁跳球，少年的彈跳能力很強，手臂勾著往後一帶，順利搶到球後，運著球往對方籃下壓。

江起淮和趙明啟一組，趙明啟作為體育股長本來就很全能，反應非常快，兩個人迅速靠過去，一前一後把季繁防得死死的，一點空隙都沒有。

季繁是那種攻擊型的性格，不會考慮任何防守方面的事情，他側頭看了一眼，手臂高高揚起，直接把球猛地砸到了籃板上。

籃球結結實實地砸上籃板，發出巨大的聲響後彈了出去，江起淮抬起頭來伸臂，指尖往前勾了勾，還是來不及，球擦著他的指尖飛了出去。

他往後看了一眼，在所有人都趕不過去的時候，陶枝已經站在了落球點上，就好像是她早就知道季繁會幹這種事一樣。

趙明啟目瞪口呆地跟防：「這他媽就是雙胞胎的默契？」

江起淮已經跑過去了。

他速度很快，幾乎在陶枝才剛摸到球的時候，他就已經壓過來了，少女的動作迅速而俐落，用漆黑的眼睛看著他，平靜得有些冷漠。

江起淮動作頓了一瞬。

陶枝舔了舔嘴唇，用這一秒的時間擦過他，跳出了防守範圍。

控球後衛這個位置，是整個隊伍進攻的發起者，透過觀察球場上隊友的分佈，來迅速設置與組織進攻和防守，可以算是整個隊伍的大腦。

陶枝餘光掃了江起淮一眼，速度飛快地往籃下壓。

她也不是那麼喜歡打球，小時候是很喜歡的，可是長大以後她就打不過季繁了，讓人得不到成就感。

而且還會流很多汗。

這時候的江起淮跟她不是同一隊的。

陶枝也不知道是從什麼時候開始，憋了一整個下午的委屈，無論如何都無法發洩，讓她覺得很不痛快。

想贏過他。

想讓他跪在籃框下面跟她求饒。

想贏得他心服口服，五體投地叫她一聲爸爸。

想把他踩在腳底下蹂躪。

江起淮他們的隊伍回防很快，陶枝那一百七十公分的身高，在一群男生中，就像一個闖入巨人叢林裡被包圍的小不點，她運球壓回對面籃框下，抽空回頭喊了一聲：「厲雙江！」

厲雙江已經站在三分線前了。

陶枝抬手，做出了一個手背向前，用掌心勾球朝後的動作。

所有人都往後看向厲雙江的位置。

陶枝手腕倏地一轉，瞬間改變動作，她用餘光看見江起淮朝前伸出了手，正好擋在球路的正前方。

陶枝心裡一慌。

下一秒，江起淮將手臂往下移，陶枝手裡的籃球脫手而出，擦著他的手指徑直往前，傳向了籃框下的季繁。

季繁就像閃現似的，在撈過籃球後高高起跳，然後在空中「哐噹」一聲砸進籃框裡。

蔣正勳在旁邊扯過哨子，手舞足蹈地吹了一聲：「這是假動作嗎？剛剛那個是什麼假動作？我沒看過！」

尖銳的哨聲在室外球場響起，遠處的厲雙江還沒反應過來，遠遠地朝她號：「老大！妳連自己人都騙的嗎？我以為妳要傳給我的啊！」

趙明啟也沒反應過來：「這他媽就是雙胞胎嗎？啊？」

江起淮撐著膝蓋站在旁邊喘氣。

陶枝也在喘氣，她長長地吐出一口氣，稍微平復了一下呼吸，扭頭：「這是第幾球？」

「第十個！」季繁跳起來，「贏了！贏了！照明器你們幾個別裝死！請客、請客！」

厲雙江也在後面跳著高喊：「別裝死！哈根達斯、哈根達斯！」

陶枝甩了甩馬尾後走到江起淮面前。

江起淮撐著膝蓋，重新抬起目光。

因為剛才劇烈運動的關係，讓她剛綁好的馬尾變得有些凌亂，碎髮被汗水給弄濕而黏在額前，紅潤的唇瓣微張著小口調整呼吸。

她像一隻鬥勝的貓，翹著尾巴居高臨下地看著他：「服了嗎？殿下。」

江起淮看著她，笑了一聲。

他的聲音有些啞，淡漠的聲線像是被蒙上一層霧氣，帶著不均勻的喘息聲，低沉地說：「服了，公主。」

哈根達斯冰淇淋，僅有八十公克，零售價卻要一百七十塊，是實驗一中的最高禮遇。

福利社裡非常吵鬧，趙明啟一邊心疼地看著自己空空如也的小錢包，一邊把厲雙江的腦袋往玻璃櫃上面按，季繁也拎著一瓶運動飲料站在冷凍櫃前，糾結著該選哪個口味。

糾結了半天也沒結果，季繁皺著眉看向趙明啟：「我能不能一種口味拿一盒？」

趙明啟立刻捂緊自己的小皮夾，當場炸毛，也不管對方是不是流氓：「眼珠長到頭頂去了吧！有夠貪心的，只能給我挑一盒！」

陶枝手裡拿著一盒草莓味的冰淇淋靠在窗邊，看著另一頭的雞飛狗跳，隨手又挖了一小勺冰淇淋塞進嘴巴裡。

草莓的清甜味道混合著奶香，口感綿密，冰冰涼涼地在舌尖融化開來。

陶枝開心地瞇起眼睛。

江起淮站在櫃檯前準備付錢，拿著手機點開條碼後頓了一下，扭過頭來問她：「要喝什麼？」

剛才說好，贏了就有一瓶水加一盒哈根達斯，厲雙江和季繁幾乎都挑了果汁和運動飲料之類的，準備好好坑他們一筆，只有陶枝還沒有選。

陶枝抬起頭，再掃了貨架一眼，想了想說道：「農夫山泉水吧。」

趙明啟指著她，憤憤地看向厲雙江他們：「看見了沒！幾十塊的礦泉水！這才是勝者應該有的氣度，王者風範！」

江起淮垂頭，從旁邊的紙箱裡抽出一瓶礦泉水，在結完帳後遞給她。

陶枝接過來，說了聲謝謝。

她其實不愛喝水，喜歡酸甜有味道的東西，平時也經常喝優酪乳或是果汁之類的，江起淮抬了抬眼，隨口問了一句：「妳今天怎麼喝水了？」

陶枝手裡拎著一瓶農夫山泉水，沒擰開，用拇指和食指捏著瓶嘴抬起手臂，在他面前晃了晃：「知道農夫山泉水的廣告臺詞是什麼嗎？」

「味道有點甜。」陶枝悠哉悠哉地說，「這就是勝利的甘甜之水，懂嗎？」

她這時候的心情比上午好了那麼一點，拎著紅白色的瓶子像是大擺錘似地晃悠，繼續羞辱他：「問題不要這麼多，失敗者沒資格提問。」

江起淮：「……」

江起淮不知道這祖宗今天衝勁怎麼這麼大。

福利社的空調暖洋洋的，幾個人窩在裡面吃完冰淇淋，差不多也快到放學時間了，男生抱著球勾肩搭背地回到教室，陶枝吃得慢，不緊不慢地跟在後面，準備回去收拾書包。

才剛進教室，就看到王褶子抱著幾大疊試卷，站在講臺上等著他們。

桌子上已經鋪了好幾層剛發下的各科試卷，白花花地堆了一整桌，趙明啟哀號了一聲：

「這比上學期連假的時候多太多了吧？」

「高一和高二能比嗎？去年就跟你們小打小鬧一下，你覺得還能一直這樣下去？」王褶子瞪了他一眼，不懷好意地哼笑著，拍了拍面前的試卷，「你現在覺得多，等你到了高三就會發現，你一天就得做完這麼多試卷。物理小老師在不在？把物理作業發下去給他們。」

物理小老師吳楠抱著試卷過來，分給每組的第一桌，一排一排傳下去。

陶枝將那瓶沒開過的礦泉水塞進抽屜裡，撐著下巴等著前面傳試卷過來。

王褶子發完試卷後走出教室，在離開前還站在門口叫了她一聲：「副班長，跟我來一下辦公室。」

陶枝起身，跟著王褶子出去了。

辦公室裡沒有其他老師，靜悄悄的，陶枝跟著王褶子走到辦公桌前，看著他坐下，從桌子上拿起一疊試卷遞給她：「剛剛班級裡發的那些題目，對妳來說有點難度，妳挑著做就好，做不完我也不會罵妳。這個是從高一開始的物理試卷，我整理出一些基礎題，妳把這個寫完。」

陶枝眼前一黑，表情瞬間就垮下來了：「啊？」

「啊什麼啊？妳國文和英文能考到一百多分，是因為有國中時累積的基礎，物理綜合和數學妳做得到嗎？物理就給我考二十幾分，妳好意思？」王褶子在捲起試卷後，敲了一下她的腦袋，「等等複印一份給季繁，叫他也寫一下，進了我一班的門還想把剩下兩年混過去？讓他趁早認清現實，妳有我的聯絡方式吧？」

陶枝把試卷接過來，老老實實地點了點頭：「有。」

王褶子也點點頭：「放假的時候也別放鬆，是提高成績的好時候，妳要是不想上補習班，有什麼不會的就直接傳訊息給我，打電話也行。要拿到這些基礎分其實不難，稍微用功一點，可以很快拉高妳現在這個階段的分數，妳其實很聰明，基礎也不差，別浪費了。」

陶枝抱著試卷，萎靡不振地離開辦公室，剛剛那贏了江起淮的喜悅感，被殘酷的現實沖刷得一乾二淨。

她回到教室的時候已經放學了，陶枝把桌上的試卷給塞進了書包裡，又摸了一遍抽屜，當她在確認有沒有忘記帶什麼東西的時候，一個冰涼的觸感擦過指尖。

陶枝把那瓶放在抽屜的礦泉水抽出來，看了幾秒。

她下樓走出了校門，季繁坐在車裡玩手機，聽見車門被拉開的聲音後抬起頭來，往裡面坐了坐。

「妳怎麼還拿著那瓶水啊？」季繁放下手機，指了指她手裡的礦泉水，「妳要拿回家喝？」

「誰說我要喝了，我要擺在書架上供起來，然後拿筆寫上『江起淮手下敗將』。」

陶枝關上車門：「戰利品，懂嗎？」

「懂了，」季繁點點頭，繼續玩手機，「不過江起淮這小子確實挺他媽嚇人的，妳那個假動作，讓所有人都以為妳要把球傳給給厲雙江呢，就只有他跑去前面，我當時以為那個球會被這小子攔截下來，結果還是差了一點。」

陶枝愣了愣，仔細地回想了一下。

她當時離他很近，兩個人幾乎是擦肩的距離，她看得其實比季繁更清楚。

他大概、或許是可以將那球攔截下來的。

只是當時在球場上的每一秒都很緊張，她一心想著，只要把這顆球傳出去就能得分，所以根本來不及思考這麼多。

本來已經過去的細節，卻突然被季繁提起。

陶枝忽然覺得有點煩悶。

連帶著手裡的這瓶水都顯得十分礙眼。

陶枝皺著眉，將那瓶礦泉水隨手丟到後座角落。

陶枝這個國慶連假過得非常無聊。

她從床底下的雜物當中翻出了之前的理科與數學的課本，從第一課開始看，就這麼翻了三天，還打電話給付惜靈，跟她要了高一的筆記。

王褶子整理的試卷非常詳細，第一頁是基礎的知識，後面有相對應的基礎練習題，題型都很常規，倒也不會讓人看不懂。

當天下午，沉寂了幾天的「美少女正義聯盟」再次有了聲音。

厲雙江因為這次月考考得不錯，假期過得非常悠閒，跟家人一起去自駕旅遊，一天發了好幾篇文，全是老年人遊客的風景照。

剛回家的他只待了一天就待不住了，先是在群組裡瘋狂洗版。

厲雙江：『兄弟們！』

厲雙江：『本少爺我回歸了！要一起出去玩嗎？』

厲雙江：『要不要去歡樂谷[4]？聽說連假的時候很熱鬧。』

然後又在班群刷了一波。

永遠的神厲雙江：『明天歡樂谷一日遊！要的加一！』

正當他說得的熱火朝天時，王褶子從群組裡冒出來：『作業都寫完了嗎？厲雙江你這兩天還挺瀟灑啊，怎麼？不打算順便去環遊世界？』

厲雙江瞬間安靜。

他把剛剛在群組裡說要去的人拉進了新建的群組，順便把陶枝他們也拉進去了。

他把人加進群組的時候，陶枝還在咬著指尖跟王褶子的試卷奮鬥，等到她再次把手機打開的時候，群組的訊息已經破百則了。

陶枝點進去看了一眼，都是熟人，趙明啟對於這種除了讀書以外的活動向來都很積極，最先回應了他的召喚。

這裡面竟然還有江起淮。

4　歡樂谷：位於中國大陸的一間知名遊樂園。

厲雙江還在群裡標註了他兩個——

『@枝枝葡萄@江起淮，淮哥和老大別不說話，就等你們兩個了，要不要去啊？』

陶枝看著她跟江起淮的名字一起被標註出來，覺得有點奇怪，她不受控制地撓了幾下鼻尖，才繼續往下滑。

江起淮：『不去。』

是的、是的，人家學霸正忙著跟女朋友快樂過連假呢。

陶枝捏著鼻子，從嘴巴吐出一口氣，然後垂手打字。

枝枝葡萄：『幾點？』

厲雙江：『早上十點如何？那邊的人應該很多，我們早點過去，十點多就過去的話，應該沒什麼人排隊吧？』

枝枝葡萄：『起不來。』

群組裡頓時出現了來自付惜靈和趙明啟的加一，厲雙江以少數服從多數妥協，最後定下十一點在歡樂谷門口集合。

季繁在當天就已經提前跟以前在附中的朋友約好了，而陶枝跟張阿姨和顧叔叔都說了一聲，張阿姨以為她要跟同學去野餐，上午幫她準備了一堆三明治和切好的水果，用保鮮袋套著再裝進保鮮盒。

陶枝看著她細緻地弄了一整個上午，也不好意思拒絕，就這樣背著那一包食物上車了。

在她抵達目的地之後，該來的人差不多都到了，付惜靈遠遠地認出了車，小跑過去在路邊等她。

陶枝一下車，女孩馬上跟她來了個擁抱，她穿著短裙長襪，腦袋上還戴著米奇的小耳朵，看起來比在學校的時候更有活力，小小一隻，笑咪咪地看著她：「我好想妳啊同學！」

厲雙江在門口朝她招了招手。

兩個人走過去，陶枝跟其他人也打了聲招呼，然後看著他們繼續聊天，沒有要進去的意思。

她側頭問：「還有人沒來嗎？」

「等淮哥。」厲雙江看了一眼手錶，「應該快到了。」

陶枝停下腳步，癱著張臉：「他不是說不來嗎？」

厲雙江咧嘴一笑，自豪道：「七百分厲雙江同仁有搞不定的人嗎？我昨天晚上又打了通電話給淮哥，成功把他請過來。」

陶枝整個人面無表情。

厲雙江還在那邊一副渴求表揚的模樣，劈里啪啦地碎念：「我動用我的三寸不爛之舌，還說連我們陶總都來了，美少女正義聯盟怎麼能少了您——」

付惜靈看了陶枝一眼，又看向不會閱讀空氣的厲雙江，偷偷地背後戳了他的腰一下。

厲雙江的話被打斷，一臉莫名其看著她：「妳戳我幹嘛？」

「……」

付惜靈偷偷翻了個白眼：「蠢死了，你是怎麼考到七百分的？」

無端被人身攻擊的厲雙江滿臉問號。

陶枝心不在焉地聽著他們聊天，垂著頭擺弄著手裡的門票。薄薄的紙片被捲成一圈套在手指上，爾後放開，她就這麼玩了好一陣子，聽見旁邊的厲雙江喊了一聲：「淮哥！」

她下意識地抬起頭來。

江起淮從遠處的街邊走過來，十月初的秋天，他穿了長外套，裡面是白色的薄毛衣，看起來纖細修長。

陶枝默默地收回視線，漫不經心地看向另一邊。

人到齊，厲雙江把票給江起淮，一行人過了驗票機後入園。

他們買的是一日門票，所有的設施都是不限時間與次數的，陶枝把票遞過去，工作人員也在她手腕上貼了一個彩色手環。

接近中午十一點，遊樂園非常熱鬧，路邊停著一排排賣炸雞、熱狗的小攤販，每走一段就能看到有人販賣著一大把花花綠綠，造型詭異的氣球。

陶枝走在最後面的，跟江起淮隔了一個斜對角的距離。

平時在學校裡總是湊在一起的兩個人，此時卻隔著好幾個人分開走，一個冷若冰霜，一個面無表情。

江起淮也就算了，他的臉一直是癱著的，陶枝卻看起來和平時不太一樣。

即便是厲雙江這種少根筋的，都察覺到了氣氛有點不對勁。

他默默地側頭，小聲地詢問付惜靈：「這兩個人是怎麼了？吵架了？老大都不主動找淮哥說話了。」

「那個學霸也不主動跟我們枝枝說話。」付惜靈不滿地說。

厲雙江左右瞄了一眼，忽然計上心來，指著路邊的一家賣炸雞塊的店：「有人想吃嗎！」

趙明啟第一個舉起手：「我！老厲請客嗎？」

「我請、我請！走！」厲雙江一手勾著趙明啟，另一手抓著付惜靈，把兩個人連拉帶拽地扯到旁邊的炸雞店前。

陶枝都還沒反應過來，身邊的人已經空了。

她扭過頭。

這是她從入園到現在，第一次看了江起淮一眼。

視線撞上。

少年淺色的桃花眼毫無情緒，平靜地看著她。

陶枝皺了皺眉，一時之間不知道該不該移開視線。

總覺得先避開就輸了。

可是她也不知道自己在賭什麼氣。

她有些出神。

此時，一群看起來八歲左右的小朋友從身後衝過來，一人拿著一個氣球，咯咯笑著從兩人之間的空隙跑過來，陶枝一個沒注意，手臂被其中一個小朋友擦著往旁邊撞了一下，趔趄了兩步。

江起淮大步跨過來，拽著她的外套袖子，往自己這邊拉過來。

陶枝在回過神後，堪堪地穩住腳步。

幾乎只是一瞬間，江起淮在放開手後看向她：「發什麼呆，看路。」

語氣還是冷冰冰的，甚至還帶著一點不易察覺的責備和不滿。

他憑什麼責備她啊？又憑什麼不滿？

陶枝憋了好幾天的那股火氣，忽然沒來由地竄了上來。

她向來都不是能忍耐的性格，有什麼不爽的事情，就一定要發洩出來，她扯了幾下唇角，盡量讓自己的語氣聽起來自然一點：「殿下今天怎麼自己來了？」

您的李淑妃呢？

江起淮平靜地看著她，那表情看起來還有些不解。

其他人已經走在前面了，只有他們兩個落單在後，陶枝也沒追：「上週打球的時候，其實你是能攔下那顆球的吧？」

她低垂著頭，慢吞吞地說：「你本來都猜到我是假動作，可以輕易地把球截過，但你覺得對手是個女孩子，跟一個小女孩打球，放個水也沒什麼，是吧？因為是放水才輸的，所以就算是當著女朋友的面，也不會那麼沒面子，是吧？」

他可能跟大多數人的想法沒什麼差別。

因為是女孩子，所以球技一定不如男生，甚至不能會打球。

因為是女孩子，所以放放水讓著對方，不認真對待也無所謂。

陶枝忽然覺得自己之前的那頓叫囂，在江起淮眼裡可能還挺蠢的。

人家是故意輸的，就只有她在那裡認真地以為自己真的贏了。

像笑話一樣。

空氣裡瀰漫著甜滋滋的棉花糖味和炸雞的香，旋轉木馬的音樂清晰入耳，五光十色的光亮在日光下微弱地閃爍著。

少女垂著腦袋站在他面前，完全沒了之前在球場上居高臨下的囂張，整個人看起來又難過又失落，和周圍歡快的環境顯得有些格格不入。

半晌，江起淮才開口：「我沒有女朋友。」

陶枝在愣了幾秒後，抬起頭來看向他。

她的唇角微微向下垂，雖說看起來無精打采，但漆黑的雙眼裡卻有著明亮。

長長的睫毛揚起，在日光下看起來毛絨絨的，讓人覺得有些癢。

江起淮嘆了口氣：「也不是因為對手是小女孩。」

遊樂園裡的音樂聲和笑鬧聲此起彼落，江起淮低垂著眼，聲音很淡，幾乎要淹沒進背景音裡：「我放水是因為，妳當時看起來不高興。」

第十一章　小流氓

江起淮後面說的那些，陶枝只聽了大概，思緒還停留在他的上一句話。

——沒有女朋友。

陶枝仰著腦袋，克制住差點脫口而出的問題。

字面上的意思，就是我沒有女朋友。

江起淮之前說過，不接受連七百分都考不到人，可是後來李淑妃說如果她能考到七百分，叫他考慮一下的時候，他也沒有說不行。

所以七百分只是一個入門門檻，基本條件？

不是，兄弟，你這樣也太靠北了。

陶枝那一肚子的怒火，被江起淮前半句「沒有女朋友」給澆熄了一半，另一半則在消化後半句「放水是因為妳看起來不高興」的時候燃燒殆盡。

最後還僅存下那劈里啪啦在灰燼裡亂跳，名為「不知道為什麼，但是莫名的有點尷尬和彆扭，甚至感覺有些丟人」的火點。

她不知道該怎麼處理這種情緒，眨了眨眼問他：「李淑妃哪裡不好？」

江起淮癱著張臉，顯然是不太明白她這句話是想表達什麼意思。

陶枝垂頭，掰著手指頭幫他一條一條列出：「長得可愛而且性格討喜，成績也好，能考七百分，全校都沒幾個人能考到七百分。」

江起淮斂著睫：「的確。」

「但是早戀確實不太好。」陶枝一邊偷瞄他，一邊飛快地說，「而且你們兩個成績都這麼好，萬一之後沉迷女色，天天只想跟女朋友談情說愛而無心讀書的話，那該怎麼辦？」

陶枝一臉凝重地教育他：「殿下，男人還是要以學業為重。」

不遠處有幾個人終於發現到掉隊的兩人，站在前方朝他們揮了揮手，隔著人群喊了一聲。

陶枝轉過頭去，厲雙江他們已經買好炸雞回來了，付惜靈的手裡還拿著兩支大大的粉紅色棉花糖。

陶枝蹦跳過去，付惜靈遞了一支給她，她接過後用指尖扯下了一小塊塞進嘴裡。

甜滋滋的味道蔓延。

陶枝晃悠著腦袋往前走。

厲雙江在旁邊和付惜靈對視了一眼，然後擠眉弄眼了老半天，看著走在前面，心情明顯好了不少的陶枝，又揚了揚下巴指著剛從後面趕上來的江起淮。

付惜靈一臉茫然地看著他。

厲雙江嘆了口氣，用很小的聲音說：「這兩尊大佛是和好了？」

「不知道，」付惜靈也小聲說，「可能在剛剛和好了吧。」

厲雙江摸著下巴推測：「就這麼一下的工夫？老大看起來也不像是好哄的人啊。」

付惜靈很會哄人。

在剛開學的那陣子，陶枝天天都在跟江起淮拚個你死我活，那時候的付惜靈也沒少哄她，很明白陶枝是什麼性格。

表面看起來很凶，其實內在挺簡單的，兩句話就能讓她重新開心起來，非常好哄。

付惜靈咬了一口棉花糖，追著陶枝往前走了兩步：「你要是能看出來，世界上就沒有直男了。」

被丟在原地的厲雙江：「……？」

厲雙江不明白，他明明才是為老大和她後面同學的關係鞠躬盡瘁、出力最多的那個人。但為什麼受傷的總是他？

國慶長假中午的遊樂園就像一個下滿水餃的大型燜燒鍋。在門口的時候人還不多，越往裡面走，人群就越來越密集。

熱門的遊樂設施前面都排著長長的隊伍，巨大的懸掛式雲霄飛車上吊著一排排的人，在鋼架上呼嘯而過，帶起上面一片驚聲尖叫。

厲雙江詢問幾個大家都想玩的設施，最後決定希望能在午餐前，排到最高的那個雲霄飛車和鬼屋。

這個遊樂場的鬼屋很大，而且排隊的人也比較少，蔣正勳和另一個女孩打死都不進去，主動要求幫他們去排雲霄飛車，剩下的人則去了鬼屋。

趙明啟和厲雙江衝在最前頭，付惜靈看起來也是一臉淡定，陶枝本來以為她會怕，還特地拉著她站到了自己前面。

排到他們的時候，工作人員微笑著帶他們進去，推開的木門「嘎」了一聲，裡面是一個光線幽暗的山洞，山洞的盡頭是五扇一模一樣的木門。

工作人員簡單地介紹了一下。

這個鬼屋一共有五個主題，每一個主題都不一樣，遊客要兩兩組成一個小隊，依次選擇一扇門進入，而且不是成功出去就算結束，每一個小隊都有任務，要從裡面帶一樣東西出來，還要按照提示操作，不然是出不去的。

厲雙江開始分隊，擔心女生組在同一隊會害怕，所以改成一男一女的組隊方式。

雖然陶枝的心情明顯變好，可是直到現在也沒再跟江起淮說過話，厲雙江看了她一眼，特地問了一句：「大哥，妳跟淮哥一組，可以吧？」

陶枝看看旁邊的付惜靈：「我可以跟靈靈一組，萬一她害怕怎麼辦？」

「沒事，我跟她一組，」厲雙江轉過頭去，付惜靈正好奇地摳著山洞牆壁上的石灰。

厲雙江：「……妳看她有像在害怕的樣子嗎？」

陶枝點點頭，也沒什麼意見。

她塞上工作人員遞過來的耳機和對講機，挑了正中間那一扇走進去。

老朽的木門發出「吱嘎」一響，迴盪在空曠的空間裡，聽起來有些嚇人。

視線在一瞬間暗下來，陶枝小心地往前走，慢慢等到視覺適應了光線。

屋裡的燈光幽暗到能忽略不計，石雕的牆壁上只亮著一根白色的蠟燭，整個屋子全都是石砌的，中間放著一具雕工精緻的石棺，牆邊還立著另一個。

陶枝環視了一圈，歪了歪腦袋：「這是個……墓室嗎？」

「嗯。」江起淮站在她身後，應了一聲。

陶枝走到石棺前，把放在上面的一卷舊羊皮紙丟給江起淮。

江起淮接過來，展開來大致看了一遍：「上面寫，這是西周某個地方的王太子的墓，後來有一群盜墓賊來偷走他的冠冕，這個太子怨念化鬼，把那群人都困死在裡面，冠冕也不知所蹤，墓也變成死墓，只有帶著冠冕的太子本人才能離開。」

他言簡意賅，陶枝聽得目瞪口呆，指著他手裡那卷羊皮紙：「西周墓？西周墓用羊皮紙記筆記？這個人的歷史是趙明啟教的？」

江起淮將手裡的羊皮紙捲起來：「趙明啟的歷史好像還行，之前打算去補習，結果沒拗過他的父母。」

陶枝點點頭：「那就是厲雙江教的。」

她走到那具看起來肅穆得有些駭人的石棺前，棺蓋並沒有蓋死，她扒著縫隙好奇地往裡面看。

這種主題鬼屋，最嚇人的不是鬼，而是任何突然出現的東西。

比如門後，比如這種密閉的狹窄小空間裡。

她的膽子倒是大到不行。

江起淮站在旁邊垂眼看著她，陶枝往裡面看了老半天，指了指：「殿下，這個太子有好多個腦袋。」

江起淮俯身靠過去往裡看了一眼，裡面是一棺材的人頭骨，白花花地堆得滿滿的，眼窩兩個黑漆漆的洞，正直勾勾地盯著露出縫隙的地方。

正常來說，這個設計已經足夠嚇人了。

兩個人就這麼跟著一棺材的頭骨對視了十幾秒。

陶枝扒著棺材邊，突然小聲問：「這是塑膠做的嗎？」

「石膏吧。」江起淮說。

陶枝「哦」了一聲，指著頭骨旁邊埋著的金色圓環物，更小聲問，「那個，不是他的王冠嗎？」

江起淮朝著她指著的位置看了一眼，淡淡點了點頭：「是。」

「那不是沒弄丟嗎？我們還要找什麼？難道是他的冠冕？」陶枝的聲音小到幾乎聽不見了。

「應該是幌子，可能要找別的東西，」江起淮側了側頭，看著她，「妳怎麼說話越來越小聲？」

陶枝伸出一根食指抵在唇邊，湊到他耳邊說：「我怕吵醒了沉睡在裡面的亡靈。」

江起淮：「……」

藏在另一個石棺裡等待的工作人員：「……」

陶枝完全沉浸在主題裡，戲癮上身，繼續道：「一山不容二虎，一個墓裡有兩個活著的殿下，你們兩個要是打起來的話要怎麼辦？你打不過他的話要怎麼辦？」

江起淮：「……」

陶枝嘆了口氣，皺著眉有些發愁：「我可真是替你感到擔心。」

江起淮敲了一下她的腦袋，面無表情地說：「別演了。」

陶枝撇撇嘴，撐著石棺的邊緣站起身來，朝著另一具直立在牆邊的石棺走去。

藏在裡面的工作人員從縫隙中看到她走過來，便握緊了手裡的道具。

雖然這兩個小孩的膽子確實大，但是他對接下來的設計還挺有信心的。

這一具同樣沒有蓋死，而且嚴格來說，比起石棺更像個鐵處女，棺蓋像一扇門一樣，就差在上面貼著一張紙條寫下——翻開我。

陶枝樂了，轉過頭去：「殿下你看，這個這西周的棺材還有翻蓋，比諾基亞手機還要高級。」

工作人員：「……」

能不能別拖拖拉拉的？

妳就趕緊翻開吧！

陶枝將手扣進棺材蓋縫隙裡，呼了一口氣後將蓋子翻開。

即使她已經做好了心裡準備，卻還是被突然從裡面出現的東西給嚇了一跳。

那個人形生物就像一隻殭屍，整個人像是剛從硫酸海裡爬出來的，身上的所有皮膚都猩紅地往下滑落，綠色的長髮下露出一雙黑漆漆的眼眶，勉強能分辨出來的五官也正向下淌著血，滴答滴答地落在石板地面上。

棺門被拉開，僵屍緩緩抬起頭來，離著咫尺的距離，幾乎快要把整張臉都貼到陶枝面前。

陶枝停了一秒，然後張開嘴：「啊——」

她滿臉驚恐地尖叫，剛剛若無其事的樣子消失得一乾二淨，工作人員還來不及得意地等著她撒腿逃跑，就看見女孩一邊尖叫，一邊往前走了一步。

她飛速地拽著僵屍腦袋上的綠毛，猛地往下一扯，同時抬腿提膝，一邊大叫一邊將手裡抓著的腦袋砸向自己的膝蓋。

「嘶」的一聲，僵屍的假髮被她扯掉了。

僵屍也發出了一聲慘叫。

兩個人的叫聲重疊在一起，幾乎像是訊號般，天花板上突然吊下一群僵屍，他們張牙舞爪地下來，看著眼前的場面，又看看蹲在地上捂著鼻子的同類，也停下了誇張的動作，大家都還沒反應過來。

陶枝嚇得臉都白了，也顧不上其他事情，她大叫了一聲：「對不起！我沒有很用力！」然後她轉身，扯著江起淮扭頭就跑，生怕被身後的僵屍們追上。

雖然在理智回來以後，知道那些都是真人扮演的，但這打扮也太他媽的嚇人了，第一時之間根本無法控制生理性的恐懼。

他們跑過墓室另一端的石砌門框，江起淮也回頭看了一眼。

僵屍們並沒有追過來，他們正圍在那個被揍出鼻血的同類旁邊查看情況。

穿過門框是一段幽邃的石廊，石廊設計得狹窄而逼仄，幾乎沒有燈光，牆壁上綠色的人影正影影綽綽地飄來飄去，不時有窸窸窣窣的聲音在身後響起，嚇得讓人頭皮發麻。

因為身後沒有僵屍追過來，他們躲過了一段從地下抓過來的手以後，順利穿過了整條長廊，來到前面的另一間石室，在踏進去的瞬間，陶枝聽見「叮咚」一聲，系統提示的女聲不知在哪個角落溫柔地響起：「——順利通過黃泉迴廊，取得任務物品：西周王太子視若珍寶的假髮。」

陶枝：「……」

江起淮：「……」

陶枝垂頭看著剛剛在打僵屍的時候，從他頭上抓下來的那頂翠綠色假髮，沉默了。

你他媽的？

這頂假髮是西周王太子的寶物？

他們所處的這個墓室應該就是出口了，裡面沒有別的東西，盡頭有著跟剛入場時長得一樣的木門，門縫也滲進絲絲縷縷的亮光，是出口的地方。

石室的正中間擺著一張老舊的紅木桌子，上面依然放著一卷羊皮紙。

工作人員在他們剛進來的時候就有介紹，必須要按照裡面的提示操作才能出去，陶枝和江起淮站在原地等了一陣子，那個系統提示也沒有再說話。

江起淮頓了一下，走到正中間的那張桌前，攤開桌子上那卷羊皮紙，掃了一遍：「跟前面那張的內容一樣。」

「一開始進來看到的那張？」

「嗯。」

陶枝仔細地回憶了一下之前江起淮說過的話。

——「墓也變成了死墓，只有戴著冠冕的太子本人才能出去。」

陶枝忽然福至心靈地想到了什麼，眼睛眨也不眨地看向江起淮。

江起淮顯然也是猜到了她的想法。

他站在原地沒動，眼神冷酷地警告道：「陶枝——」

「殿下，犧牲一下！」陶枝不等他說完便蹦跳過去，一手搭著他的肩膀湊上去，拿著假髮的那隻手臂也高高舉起。

少女纖細的身體猝不及防地貼上來，隔著衣料帶著柔軟的觸感和淡淡甜香味，白嫩的耳廓擦著他的唇角，有些微涼。

江起淮僵在原地。

陶枝順勢將手裡的假髮扣到他的腦袋上。

「喀噠」一聲，盡頭的木門也應聲打開了，提示音的女聲再次響起：「石墓將在十秒內崩塌，請探險家們迅速離開。」

陶枝拽著江起淮的袖子小跑到門口，推開木門走了出去。

室外的陽光迎面撲灑在身上，長久沉浸在黑暗中的視覺被強光衝擊著，一時之間晃得讓人有些眼花。

陶枝半遮住眼睛，適應片刻，才看清楚外面的景象。

他們出了鬼屋，站在鬼屋後門的臺階上，正對面有一堆賣東西的小攤販。

江起淮站在她旁邊，那一雙桃花眼在陽光下淺淺地瞇起，頭上還戴著一頂長及腰間的翠綠色假髮。

厲雙江、趙明啟和付惜靈他們都已經離開了鬼屋，靠站在旁邊的欄杆上，一邊等著他們一邊聊天。

在江起淮踏門而出的那一刻，聊天聲戛然而止。

所有人都扭頭看向這邊，厲雙江還來不及闔上正在說話的嘴巴，他看著江起淮，和他腦袋上那頂翠綠色的長髮，呆滯地站在原地。

他似乎是想說話，嘴巴蠕動了一下，也沒發出聲音。

沉默。

安靜。

一片死寂中。

恰巧有一對母子從鬼屋後門的小吃攤販走過來，小男孩看起來大概只有五、六歲，一臉驚奇地看著江起淮，胖嘟嘟的小手指過來，興奮地大聲說：「媽媽！那個哥哥留著綠色的長頭髮！好奇怪！」

女人對他們露出一個抱歉的笑容，一手扯著他兒子的手臂匆匆地離開，另一手則捂住他的眼睛，小聲說：「低頭，別亂看奇怪的人。」

女人像是逃荒似地帶著小男孩走掉後，讓氣氛顯得更加凝固。

連空氣都凍住了。

厲雙江他們幾個連大氣都不敢喘，雖然這段時間跟江起淮慢慢地熟絡起來，但也只是「稍微」而已，還摸不著這個大哥的脾氣。

陶枝看著旁邊一臉僵硬的同學們，又看了站在她旁邊的江起淮一眼，有點想笑。

但她憋住了。

她上上下下打量他一圈，那頂假髮大概是因為被用過很多次，綠毛已經很亂了，瀏海張牙舞爪地豎起，看起來就像國中時走在時尚前端的某一群青少年們。

意外的很帥。

果然髮型還是要看人留。

陶枝清了清嗓子，開口打破沉默：「殿下，您這個造型還挺特別的，介意我拍張照嗎？」

江起淮：「……」

江起淮覺得自己在認識陶枝之後，脾氣好得簡直驚為天人。

他面無表情地扯下腦袋上的綠毛，工作人員也剛好從前面走過來，叫她們歸還任務道具。

這個鬼屋設計得很別緻，厲雙江他們的任務道具是一個漱口杯，趙明啟那一組則是一個破爛的布娃娃。

江起淮把綠色假髮遞給工作人員，陶枝在旁邊不好意思地摸了摸鼻子：「那個，我們剛剛那個主題裡有個工作人員，因為太嚇人，所以我就輕輕地打了他一下，他沒事吧？」

工作人員愣了愣，笑道：「他剛剛已經出來了，沒什麼事，流了點鼻血，已經止住了。」

陶枝有些愧疚：「實在對不起，我就是被嚇到了，一時之間忍不住。」

工作人員：「……」

正常的女孩子在被嚇到的時候，應該要轉身就跑吧！

不說女孩子！男孩子也應該是這樣吧！

蔣正勳打了通電話過來，表示快要排到雲霄飛車了，厲雙江領著一群人告別了鬼屋，在臨走之前，陶枝還在向工作人員鞠躬：「實在是不好意思，要不要叫個救護車去醫院檢查一下？費用我來出。」

工作人員也向她鞠躬：「真的沒事的，其實在鬼屋裡扮鬼的工作人員，平時有個磕磕碰碰都很正常。」

「真的很抱歉！」陶枝唯唯諾諾。

「您太客氣了。」工作人員受寵若驚。

他們走遠後，陶枝還朝工作人員揮了揮手。

江起淮看了她一眼，似乎是覺得很稀奇。

陶枝側頭：「你那是什麼眼神？」

「沒什麼，」江起淮收回視線，不緊不慢地往前走，語氣漫不經心，「只是沒想到妳也會道歉。」

「我當然會啊，他都無辜地被我揍一頓了，」她一邊倒著往後走一邊說，「我之前不是也跟你道歉了？」

江起淮點了點頭：「休戰？」

陶枝噎了一下。

「我說的是，之前在老王辦公室門口的時候！」她咬了一下臉頰裡的軟肉說，「休戰就是休戰，殿下，希望你大度一點，過去的事情就讓它過去吧，我都已經不跟你斤斤計較了，你還有什麼不滿？」

她一副很大度的樣子，撐著小翅膀在那裡撲騰，江起淮看著都覺得有些好笑。

因為在鬼屋裡折騰了一遭，少女白嫩的小臉看起來紅通通的，黑眸明亮。

江起淮忽然想起在幾十分鐘前，她墊起腳尖把頭湊過來時，那貼著他唇角的微涼溫度。

而付惜靈站在賣小東西的店舖前面叫了她一聲，陶枝在轉過去後小跑到她旁邊，蹲在一堆花裡胡哨的小玩意兒前認真挑選。

她沒有綁起長髮，臉頰兩邊的碎髮被她隨意地別在耳後，側臉的線條看起來柔和又靈動，耳廓白膩圓潤。

江起淮抬起手來，輕輕地刮蹭一下下唇唇角。

蔣正勳他們排的雲霄飛車是懸掛式的，一排大概七、八個人，陶枝一上去，就直奔第一排的位置。

雲霄飛車的第一排因為沒有阻擋，視野最寬闊，也是最刺激的位子，陶枝坐在最旁邊，慢吞吞地把上面的防護槓拉下來扣住。

然後她朝江起淮招了招手。

江起淮走到她旁邊坐下，扣下了防護槓。

因為腳是懸空的，有不少人擔心會把鞋子甩出去，就直接脫掉了。而陶枝也很乾脆地把鞋子丟在下面，看起來很從容。

江起淮以為，這隻小土撥鼠沒什麼害怕的東西。

直到雲霄飛車開始傾斜向上，緩緩爬坡。

高度一點一點升起，雲霄飛車的懸掛吊桿隨著重力微微向下傾斜，下面的人也越來越小，最後連五官都變得模糊起來。

機器的聲音在耳邊作響，陶枝有些緊張地咽了咽口水，套著彩虹色襪子的雙腳也跟著晃蕩了兩下，忽然開口：「殿下，你要是害怕的話就叫出來。」

江起淮側了側頭：「我什麼時候說我怕了？」

陶枝往下看了一眼，聲音也顫抖了起來：「我們今天中午吃了什麼啊？」

江起淮：「……」

「今天還沒吃午餐。」江起淮提醒她。

陶枝腦子有些短路，根本沒聽清楚他說了什麼，白著小臉壯膽一般大聲說：「我們吃的是牛肉麵嗎！」

江起淮：「……」

雲霄飛車升到了最高點，停住。

兩秒後，順著高高的鋼架飛快地滑下來。

耳邊呼嘯的風聲獵獵作響，陶枝整個人都順著雲霄飛車的軌跡在安全槓裡飄盪。

在失重感襲來的瞬間，她一把抓住了江起淮的手。

江起淮一頓，側過頭來看著她。

少女漆黑的長髮被吹得亂糟糟地往後飛，她睜大雙眼看向前面，唇色淺淡發白，右手死死地抓著他的手背，指尖冰涼，瘦白手掌上的血管紋路近乎透明，骨骼繃得根根分明。後排有人在尖叫，有人高舉著雙手大聲歡呼，陶枝什麼都聽不見，眼前的景色在急速後退、旋轉，她的眼睛被風撞的有點痛。

呼嘯的風聲裡，她隱約聽見一道平冷而清晰的聲音，在她耳邊輕輕響起。

「陶枝，閉眼。」

她像是被蠱惑了一樣，聽話地閉上雙眼。

世界陷入一片黑暗，所有的感官都變得更加敏銳，她感覺到僵硬的右手所抓著的東西，傳來了暖洋洋的溫度，而那份溫度正翻轉，很輕地覆蓋上她的手背。

一瞬間的溫暖。

陶枝愣了愣。

雲霄飛車的速度很快，一圈跑完大概也只需要幾分鐘的時間，到最後，速度也漸漸地慢了下來，高度也降低不少。

陶枝睜開眼睛側過頭。

她的手緊緊地扣著江起淮的扶手，澈底霸占了他的位子，少年把手放在後面一點的位置，指關節也擦著她的手腕。

指尖明明被風吹到發麻，但觸碰到的部分卻感覺有些發燙，像是一簇火苗順著那一點急促燃燒起來，透過肌膚滲進血管，然後在她的體內橫衝直撞。

陶枝猛地縮回手。

雲霄飛車緩緩停下，壓在身上的安全槓也彈了起來，車上的人都陸陸續續地穿上鞋後離開。

陶枝坐在原地還有些發愣，她不安又無措地蜷了蜷被襪子包裹的腳趾。

旁邊的工作人員拿著大聲公來催促他們盡快離場，陶枝也在回過神後緩慢地把鞋穿上，跟在江起淮身後往下走。

他因為外套太長，在上來之前就脫下了，白色的薄毛衣寬鬆，肩背很寬，從脖頸蜿蜒到肩線的線條削瘦漂亮。

走下臺階，江起淮回過頭來。

漆黑的短髮被吹得凌亂，露出挺拔的眉骨和額頭，中和掉平時的清冷感，整個人都顯得有些散漫。

他抬眼看向她後，淡聲問：「還行嗎？」

陶枝的心臟砰砰地跳了兩下，整個人像是被一道驚雷炸醒，腦子裡只有兩個字。

完了。

完了完了完了！

她夢遊般地走下臺階，厲雙江和趙明啟還在下面興奮地嚷嚷著想再玩一次，付惜靈沒有上去，將手裡的外套一件一件遞回去。

陶枝抬起頭來看著江起淮，喃喃地叫了他一聲：「江起淮。」

江起淮平靜地看著她，等著她的下文。

「我以後再也不想吃牛肉麵了。」陶枝虛弱地說，「我現在只要想到這三個字就胃痛。」

江起淮：「……」

遊樂園餐廳區裡的牛肉麵館。

陶枝癱著臉站在門口，店面兩旁的卡通人物氣球正迎風歡快地舞動著。

陶枝不知道厲雙江這個罪孽深重的人，為什麼要突然提議中午去吃牛肉麵，最離譜的是，其他人居然還附和他，覺得這個提議非常精妙。

為什麼要在遊樂園裡吃牛肉麵啊？

真的會有人在大中午的時候，在遊樂園裡找牛肉麵店嗎？

眾人快樂地哼著歌進去了，陶枝嘆了口氣，正準備看看這家店有沒有除了牛肉麵之外的餐點時，就看見江起淮動也不動地站在原地。

陶枝看向他，指指店門：「要吃嗎？」

江起淮側頭：「妳又想吃了？」

語氣非常平淡。

陶枝也不知道為什麼，她好像從這句話裡聽出了幾分嘲諷和挖苦的味道。

她清了清嗓子，拖長了音：「如果你不想吃的話——」

陶枝把背上的包包放下來，從裡面掏出了用保鮮盒裝著的三明治後遞給他。

江起淮在接過三明治後，看著她抽回手，繼續翻著包包。

陶枝又從包裡拿出一盒水果，真誠地看著他：「我們可以吃三明治。」

江起淮：「……」

他對於要吃什麼的這件事沒什麼意見，在雲霄飛車上的女孩確實被嚇到了，也不像是鬧著玩，看樣子是真的不想吃。

店裡禁帶外食，江起淮拿著裝著三明治的盒子，走到旁邊的休息區找了一個空位坐下。

陶枝也跟著他走過去，拆掉保鮮盒的蓋子，將包好的三明治遞給他。

張阿姨的手藝一直都很不錯，烤得略微焦黃的麵包片裡夾著培根、雞肉、蔬菜和蛋，一刀切下的側面看起來五顏六色，精緻到可以擺進櫥窗裡賣。

兩個人默默地吃了起來，陶枝沒說話，江起淮更不會說話。

陶枝忽然有點後悔跟他單獨吃東西。

她覺得有那麼一點彆扭，這種彆扭從剛剛在雲霄飛車上開始，至今尚未澈底消散。

右手手背還殘留著剛剛的餘溫，但因為當時的失重感所帶來的恐懼，讓她刻下了深厚的印象，導致陶枝根本不確定那一瞬間的牽手，是不是她的錯覺。

她想問問江起淮。

但這個問題實在是有點難以啟齒。

女孩的嘴裡叼著一小塊三明治，翹起的腿在桌底下不停地晃蕩，腳尖也踢到了對面的人好幾次。

她毫不知情，心不在焉地吃著東西，兩眼放空。

焦躁和恍神都非常明顯。

直到陶枝再次踢過去，江起淮是第四次看向自己的褲子，覺得再不提醒她的話，等她把這個三明治吃完之後，褲子也要換色了。

他開口：「在想什麼？」

「我在想……」陶枝直勾勾地看著遠處的摩天輪，聲音還有點飄，「你剛剛是不是握住我的手了？」

江起淮動作一頓，抬起頭來看著她。

陶枝也暫停了，她的眼神慢慢聚焦，然後回過神來，目光也終於從摩天輪上移過來。

陶枝的耳尖慢慢地變得通紅。

問都問了，說出去的話、潑出去的水！

陶枝也乾脆豁出去，大膽且非常理直氣壯地指責他：「你趁機占了我的便宜。」

她嘴巴裡面還塞著食物，聲音有點含糊，雙頰被撐得鼓鼓的，像一隻嘴巴裡塞滿食物的小倉鼠。

讓人想對著她鼓鼓的臉頰戳一下，好奇會是什麼樣的觸感。

江起淮的指尖微動，以食指和拇指捏著三明治的保鮮袋後才開口：「妳搞清楚，是誰占了誰的便宜？」

陶枝張了張嘴：「啊？」

「是妳嚇到抓著我的手。」江起淮說。

陶枝的眼睛睜得圓溜溜的，一臉難以置信的樣子：「我？我？我根本不怕啊，我有什麼好怕的？我又不是沒坐過雲霄飛車。」

江起淮聽她碎念完，點了點頭沒說話，只是舉起沒拿食物的那隻左手來證明給她看。

他的手背上還留有一道指甲掐進去的淺紅色印子，那個痕跡已經幾乎淡得快看不見了，但他皮膚白，稍微沾上一點紅就會變得非常明顯。

鐵證如山。

壓得她毫無翻身的餘地。

陶枝：「……」

陶枝一臉呆滯地看著他，神情混雜著懊惱與震驚，還有一點連她自己都還沒反應過來的窘迫，瞬間說不出話。

江起淮垂下了他那雙桃花眼並微扯了一下唇角，語氣淡淡的：「小流氓。」

——《桃枝氣泡》未完待續——

高寶書版集團
gobooks.com.tw

YH 131
桃枝氣泡（上）

作　　者　棲見
責任編輯　眭榮安
封面設計　Ancy Pi
內頁排版　賴姵均
企　　劃　何嘉雯

發 行 人　朱凱蕾
出　　版　英屬維京群島商高寶國際有限公司台灣分公司
　　　　　Global Group Holdings, Ltd.
地　　址　台北市內湖區洲子街88號3樓
網　　址　gobooks.com.tw
電　　話　(02) 27992788
電　　郵　readers@gobooks.com.tw（讀者服務部）
傳　　真　出版部 (02)27990909　行銷部 (02)27993088
郵政劃撥　19394552
戶　　名　英屬維京群島商高寶國際有限公司台灣分公司
發　　行　英屬維京群島商高寶國際有限公司台灣分公司
初　　版　2023年04月

本著作物《桃枝氣泡》，作者：栖見，由北京晉江原創網絡科技有限公司授權出版。

國家圖書館出版品預行編目(CIP)資料

桃枝氣泡／棲見著. -- 初版. -- 臺北市：英屬維京群島商高寶國際有限公司臺灣分公司, 2023.04
　冊；　公分. --

ISBN 978-986-506-681-9(上冊：平裝). --
ISBN 978-986-506-682-6(中冊：平裝). --
ISBN 978-986-506-683-3(下冊：平裝). --
ISBN 978-986-506-684-0(全套：平裝)

857.7　　112002548